聆听的瞬间

水菱 著

陕西新华出版
陕西旅游出版社

图书在版编目（CIP）数据

聆听的瞬间 / 水菱著. — 西安 ：陕西旅游出版社，2020.7（2024.1重印）

ISBN 978-7-5418-3804-0

Ⅰ. ①聆… Ⅱ. ①水… Ⅲ. ①散文集-中国-当代 Ⅳ. ①I267

中国版本图书馆CIP数据核字（2019）第205406号

聆听的瞬间　　水菱 著

责任编辑：邓云贤

出版发行：陕西新华出版传媒集团　陕西旅游出版社

（西安市曲江新区登高路1388号 邮编：710061）

电　　话：029-85252285

经　　销：全国新华书店

印　　刷：盛大（天津）印刷有限公司

开　　本：889mm×1194mm　1/32

印　　张：9.25

字　　数：184千字

版　　次：2020年7月 第1版

印　　次：2024年1月 第2次印刷

书　　号：ISBN 978-7-5418-3804-0

定　　价：68.00元

序

水菱出版散文集《聆听的瞬间》，嘱我为之作序，说实话，心里有些小忐忑。我不过是一名普通的公务员，工作之余喜欢写写诗歌，抒发抒发心情，也有人叫我诗人，我常常一笑了之。和水菱这样的作家相比，我最多算是喜欢写作的大龄文学青年。

认识水菱，源于她的《长河悲歌》，这部书描写了明代谏臣“有明第一硬汉”杨继盛的故事。杨继盛是容城“三贤”之一，以刚烈著称，同时也是北京市和保定市的城隍神。自小我就听母亲说容城有“三贤”，但时年尚幼，不知“三贤”为何人。及至年长，细读杨继盛的《请诛贼臣疏》，不禁为之慨然。心中总怀有一个梦想，有朝一日，应将杨继盛的故事编撰成书，以示后人。不想，水菱恰巧实现了我的梦想。

水菱祖籍陕西渭南。陕西人豪爽、热情，从八百里秦川走出的水菱也带着陕西女子的豪气和热情。她深爱着自己的故乡，就算走得再远，也走不出对故乡的思念。书中的多篇散文，都体现了她对故乡的眷恋。

水菱的文字有代入感，阅读时会不自觉地被代入其中，和她一起体验欢乐和忧伤，回味那些年的人和事。《伙伴·池塘·大杨树》《母亲·纺车·织布机》，读了后不禁使我想起儿时的玩伴，还有母亲摇着纺车纺线的情景。

水菱从长安出发，虽没有走遍千山万水，但在游历祖国的山山水水时，却把万里河山装进了胸怀。

水菱用她优美的文字记录着雄安这座举世瞩目的新区的变迁。短短一年时间，水菱基本走遍了雄安的角角落落。白洋淀、拒马河等地标性景点也被她收入书中。

写下这些文字时，容城县的河西、龚庄已经签订完土地征收补偿协议。村民们将离开世代生活的土地，迎来崭新的生活。

城市，因水而兴。雄安，没有山却有水，水让这座未来之城充满灵动。蓝绿交织，水城共融，清新明亮，就如这本《聆听的瞬间》，总在不经意间勾起对故乡、祖国的无限眷恋。雄安的明天值得憧憬，时代选择了雄安，雄安将创造时代。

有人说，人过三十容易怀旧。如今，我已经过了知天命之年，有时翻看年轻时意气风发的照片，常常暗自感叹时光的匆匆。对故乡，总有莫名的亲切与不舍，那里有我们的梦，我们的根，我们常常在与乡邻相处时，与伙伴玩耍时，与村庄里一草一木、一砖一瓦凝视时，聆听着彼此的心跳，对故土的热爱就会涌上心头。

用心感悟，用心聆听，或许，多年以后，我们还会记得儿时故乡的模样。因为，在聆听的瞬间，万里已入胸怀。

高建柱

于2019年初夏

目录

【云横秦岭】

秦岭，那个月亮洞 … 003
我与华阳有个约定 … 007
东梁山，我的恋人 … 010
大水川，我的心灵之约 … 014
悠悠陕南情 … 018
再游陕南 … 021
秩秩斯干，幽幽南山 … 025

【梦回秦关】

澜湖夕照 … 031
唐陵遗梦 … 034
洛河魂　龙首韵 … 036
照金的春 … 039
关关雎鸠，在河之洲 … 042
踏春 … 045
追秋 … 048
挽秋 … 051
寻访华阴老腔 … 054

华胥寻根 … 059

【印象雄安】
荷香入梦 … 067
窗外槐花开 … 070
小城春意浓 … 073
观山 … 076
木屋听雨 … 079
长城断想 … 082
寻梦王家寨 … 085
渡口 … 088
情系拒马河 … 092
东小里 … 095
丰碑 … 099
莲心岛 … 103
千里相聚在雄安 … 106

【他乡月明】
落红 … 111

西行漫记 … 115
南行散记 … 118
行走苗寨 … 121
我去青州了 … 137
行走千次的生命 … 140
静守文字如歌 … 142
从诗词看中国传统文化 … 145

【岁月如歌】
浪漫情人节 … 149
那段岁月 … 151
除夕感怀 … 159
鹤顶红 … 161
红红的雨花石 … 164
伙伴·池塘·大杨树 … 167
母亲·纺车·织布机 … 172
怀念父亲 … 176
婆婆 … 181

大伯 … 186
家有儿女 … 190

【冰心玉壶】
唯有乔木参天长 … 195
坚守 … 200
此心安处是吾乡 … 204
清水芙蓉　铿锵玫瑰 … 209
一蓑烟雨任平生 … 215
我眼中的雄安男子 … 220
率真大男孩默犁 … 223
咱家的袁大哥 … 226
一种情深，荷香满塘 … 230
浮光的梦 … 237

【陌上花开】
你是我的孤独 … 243
最美的情郎，最美的诗 … 254
人生若只如初见 … 260

寂寞梧桐深院锁清秋 … 263
霸王别姬 … 266
千古绝唱 … 270
楼兰新娘 … 273
貂蝉洞的传说 … 277

【云横秦岭】

- 秦岭，那个月亮洞
- 我与华阳有个约定
- 东梁山，我的恋人
- 大水川，我的心灵之约
- 悠悠陕南情
- 再游陕南
- 秩秩斯干，幽幽南山

秦岭，那个月亮洞

喜欢每一次到达目的地后醒来，处在一个陌生的地方，带上平时没有的心情和兴奋劲儿，然后把这些记忆写作书签，摆在人生的架子上，偶尔拿出来，用旁人的眼光去审视曾经的那段美好岁月……

秦岭永远是我不能忘却的所在。那漫山遍野的翠绿，从20年前看到的第一眼起就鲜明地印在心中。这许多年，踏遍了秦岭深处的山山水水，原始林海的风光涟漪，溶洞的瑰丽幽深……每一片绿叶、每一条小溪都备感亲切。

于是，便来到了月亮洞。月亮洞风景区位于山阳县城西南45千米，是一处由金钱河、花水河相汇于下游3千米的大峡谷山麓，以亿万年天然形成的月亮洞景观带、沿山穿行的夹石峡景观带为主的原始自然旅游度假区。“山阳八景”中的“石峡线天”“孤山叠翠”“金花相汇”都位于月亮洞风景区的金钱河谷中。

月亮洞发现较早，据中华民国十八年(1929)《山阳县志》载，“其洞深4千米，九重洞天，且洞中有山，山中有洞，洞洞相连，千回百折，无洞不奇”。

因月亮洞洞口形若满月，因此又被称为“太阳洞”。它位于峡谷的半山腰，洞深8米，如地下迷宫，传说是后羿与嫦娥的相会之地。

洞中景致奇特，钟乳悬挂，石笋堆叠，晶莹如玉，形状各异。有的形似五彩罗帐，有的宛如千丈飞瀑，有的似水晶宫殿，有的像花果仙山。

洞下有滴水声，声如古琴，有人赞曰：“洞中千年画，滴水万古琴。”

唐宋以来，文人雅士游山玩水，对终南石瓮情有独钟，留下了许多传诵千古的名句。当代著名作家贾平凹游柞水溶洞时曾题诗：“脸前鸟鸣树，身后蝶恋花。有乳欲哺谁，无戏幕不拉。卧笋思七贤，敲壁想伯牙。归来日暮里，柴门吃糊粑。”

有美景的地方总有传说故事，那些美丽的传说总会为美景增添一些神秘的色彩，因而更加令人神往。月亮洞也不例外。

当地有很多关于月亮洞的传说，最为有趣的一个传说是尧帝时，天上有十个太阳，大地炙热难耐，给人间带来了无尽的灾难。尧帝知道此事后，觉得再也不能纵容他的孩子们胡闹了，就派了一个擅长射箭名叫后羿的天神带上他的妻子嫦娥降临人间，让后羿教训一下孩子们。后羿看到人们因天气炎热凿穴而居，无法生活，十分恼恨，就拈弓搭箭，一连射落了九个太阳。尧帝原意是叫后羿去教训教训那十个孩子的，没想到他却把九个全都射死了，于是尧帝大怒，就革去了他们夫妻的神籍，使他们再也不能返回天庭。

后羿跑到昆仑山向西王母讨了“不死药”，想重返天庭，不料，嫦娥一个人把“不死药”偷吃了，于是就轻飘飘地升到了月宫。

那九个太阳虽然被后羿射落了，但阴魂不散，他们曾经喷发出的热量，依然聚集在天地之间。忽然有一日竟化作两团白光，冉冉升上天空，变成一大一小两个月亮。天上同时出现了三个月亮，天地间阴气大盛而阳气稀少，造成了阴阳失调、昼夜不分、四季不明的现象。人们又处在灾难之中，嫦娥在寒冷无比的月宫也待不住了，惶恐不安。不多久，她就生了大病，整天浑身打哆嗦。玉兔看到了，不由伤心落泪，就偷偷变成一个女子下凡找到后羿诉说了嫦娥的不幸，并请求后羿想法射掉那两个月亮。后羿本来恨嫦娥，可听月兔这么一说，心就软了，因为他依然深爱着嫦娥。如今爱人遇到危险，他怎能见死不救？于是他答应了玉兔的请求，再来一次“后羿射月”。

一天，后羿在数千人的簇拥下来到那片曾射落九日的草坪上，等待着月亮升起。当三个月亮突破云层冉冉升起的时候，他拈弓搭箭，对准一大一小两个月亮射去。只见那轮大月亮银光四射，转瞬间坠落到山阳境内的一座山上，将山腰砸出一个形似明月的深洞穴，那轮小的紧跟着落在附近的另一座山峰上，也砸出一个深深的洞穴。两个洞穴好似一大一小两轮明月镶嵌在半山腰。

后来，人们就把大的叫“月亮洞”，小的叫“玉兔洞”。这传说也一直流传至今。

陶渊明有南山，梭罗有瓦尔登湖，高更有塔希提岛。即使如火山、海啸，也须在不相干的远处，才能观察到它们的美丽。

而我，有月亮洞。

月亮洞一年四季，季季有景，景景宜人，既有江南景色，又有北国风光。春天群芳吐蕊，争奇斗妍；夏天万木葱茏，流水淙淙。

此刻，我来了，不早也不晚。

上山的路不长，来回也就3个多小时。而且你绝不会孤单，一路绿树相伴，青山相随，在每一处转弯的地方，对“峰回路转”总会有最真实的感悟。

山峰不层叠，因了小路蜿蜒的缘故，每到高处，或回头，或仰望，或俯视，层次感和错落感造就的美景皆令人欢呼雀跃，总想用相机记录，用文字描绘。

我们追逐风景，是因为人生中过去的每一天和每一个瞬间都不能重来，抱着此生只相遇一次的心境去寻找、经历、珍惜还未邂逅的美丽。

以这样的心境，我行走在前往月亮洞的山路上。我看到了什么啊！白云在清新的空气里飘游，群山在我身边展开一幅磅礴的画卷，远处的景色若隐若现……古老村落的飞檐被夕阳的余晖笼罩着，斑驳的庭院如神仙的住所一般，升起一缕缕袅袅青烟。漫山美丽的花朵，满目苍翠的松柏，这一切，都如淡淡的水墨画，安静、淡然、悠远。

晚上入梦，恍然觉得自己变成一片绿叶，自由自在地飘落在月亮洞之上。

素锦时光，年华未央，人生在世，有些脚步非走不可。你早已在那里，我怎会不来？

我与华阳有个约定

伴着春雨美妙的声音，我和众多文友一起踏上了去华阳古镇的采风之路。

这次去华阳又可亲近大山，感受秦岭的清秀和神奇了，内心很欣喜。

于陕南，我一直备感亲切，很多熟悉我的朋友都了解。柞水的风镇就去过好几次，还有山阳县的漫川关等，每次去都有不一样的收获和体会。

华阳古镇位于陕西汉中市洋县境内的深山里，地处中国南北自然分界线、被誉为“中国中央公园”的秦岭南麓，是世界同纬度地区生态环境的最佳区域。到达小镇的时候，在下车的那一刹那，我心中独有的对秦岭的热爱之情一下子涌了出来。俊秀的山环绕着美丽的小镇，鸟儿鸣叫，泉水叮咚，清新的空气迎面扑来，好一处美妙的所在！

据史料称，华阳古镇始建于秦晋，是历史上有名的古道驿站（傥骆古道），古军事要冲，古经济、政治重镇。宋元时期修筑的华阳镇古塔和古戏楼风格独特。以文武官员衙门、客栈、当铺、酒楼、茶楼等铺板门为主体的明清建筑，如今仍然完好地保存着。

华阳景区由历史悠久的华阳古镇和被誉为“生物资源库”的秦岭南坡构成。景区集人文历史、生态休闲、珍稀植物观赏、科考探险、红色旅游为一体。

天公作美，我们到达华阳古镇的时候，雨停了，天空也明朗了很多，但气温仍然很低。坐在游览车上，被迎面而来的凉风吹拂着，长发也随风乱舞，周围山峰环绕，层峦叠翠，感觉自己身在世外，如传说中的侠女一般，别有一番情致。

我们来到金猴谷，远远便看到小河对岸的山上，一群金丝猴从山上飞奔而下，齐齐地聚在养猴人身边，等待着喂食。我们欢呼着跑向前，一些年轻人跳过小溪，来到对面，那些猴子似乎很喜欢和人交往，蹦跳到小溪的石头上，做着各种怪异的动作，惹得游人捧腹大笑。铃兰买了一包花生，蹲在石头上给猴子喂食。猴子浑身的毛金黄发亮，在阳光下闪闪发光，我禁不住用手抚摸着，也拿起花生逗引着它们。几只猴子蹲在那里，连吃带抢，不一会儿就把我们手里的花生吃完了。摄影爱好者连忙拿起相机，拍下了这精彩的瞬间。

朱鹮园内，几只美丽的朱鹮在园内翩翩起舞。院内绿草茵茵，幽静环境中，偶尔听到朱鹮清脆的叫声，那景象美极了！我静悄悄地、无限神往地望着神鸟飞去的方向，痴痴地站着，感觉自己也化身为朱鹮，飞翔在蓝天。这是经鸟类专家历时3年，寻遍16个省，行程5万多千米，于1981年5月在洋县重新发现的世界上仅存的

7只朱鹮，被世人誉为“东方宝石”。

华阳景区的自然风光以高、寒、奇、险、秀为特点，气候变化多样，“一山有四季，十里不同天”。“四大国宝”朱鹮、金丝猴、大熊猫、羚牛在同一区域同一时期出现，在国内外实属罕见，它们也被称为“秦岭四宝”，并且同时生活在长青华阳景区，不能不令人惊叹。景区董事长王福荣先生自豪地说：“我们华阳景区在不久的将来，一定会脱颖而出，走向全国！”

我漫步在傥骆古道上，耳边聆听着潺潺的流水声，清风拂面，感觉神清气爽。飞瀑流泉，潺潺而歌；奇花异草遍布山野，冰川遗迹鬼斧神工，似镶嵌在祖国大地上的一块块绿色宝石。景区还有很多值得参观游览的地方，由于时间有限，我们在尝遍古镇美味的特色小吃之后，就踏上了归途。

这次华阳之行，感慨之处甚多，景区迷人的自然风光自不必说，单是华阳人的热情好客，就令我深深感动。纯朴、热情、舒适、干净、感动，是我这次到华阳最深的感受。我想，华阳景区区别于其他景区的地方，也就是这点，虽然看似平常，但我相信，这一定是华阳人取胜的法宝。我更坚信，不久的将来，华阳人一定会走出汉中，走向全国，乃至世界！

华阳，你是一只展翅欲飞的朱鹮，让我们约定，待你翱翔蓝天时，我再来看你，可好？

东梁山，我的恋人

心血来潮，和驴友一起去爬秦岭的东梁山。我是第一次参加这样的户外活动，心里很是兴奋。头天晚上，就早早准备了登山服、冰爪、头套、手套。

6点30分，我们乐途户外群的驴友们开着一辆大巴车，一行30人欢声笑语，浩浩荡荡地向东梁山进发了。

由于地理位置偏僻的缘故，秦岭东梁山鲜为人知。它位于宁陕境内的秦岭中段山脉主脊、西安—汉中高速秦岭一号隧道南侧，海拔2964米，是安康市的最高峰。东梁与西梁中间夹着美丽的草甸，草甸海拔2940米。东梁山，因位于太白山之东而得名。

早上9点，我们到达秦岭服务区，此时，温暖的阳光照在身上，我的心情也格外喜悦。领队做了简单的叮嘱之后，9点10分，我们开始登山。

我和同伴小云走在队伍的中间。开始的时候，山路还比较好走，虽然蜿蜒曲折，但地势比较平缓。开始进山的路，是一条约七八千米的旧林场路。头顶蓝天，脚踏碎石路，手中拄着一根树枝，不紧不慢地行走着，身边的同伴们有唱秦腔的，还有唱流行音乐的，那份惬意，真是无法形容。路上，溪流潺潺而下，哗哗的流水声传入耳中，放眼四周，虽然2月份天气仍然寒冷，参天的树木没有一丝绿意，但别有一种沧桑美。

温暖的阳光一直伴随着我们走完林场的石子路，开始进入一大段泥泞的山路，周围的高山也挡住了阳光，有点寒冷的感觉。我和小云加快了速度。登山鞋踏在泥泞难行的山路上，不一会儿，鞋上就沾满了泥巴。由于不停地前行，我开始出汗，于是脱下外套绑在腰间，喘口气，继续前进。

大概12点多，我们走完了河道旁的碎石路，开始爬山。坡度有50度左右，开始了最艰难地行进。一路上，箭竹林很多，树木挡道，基本没有路，我们在树林中穿行，脚下仍然满是泥泞。爬坡的难度再加上挡路的箭竹林，边走还要边用手拨开前面的枯草和树枝，很多人开始气喘吁吁，身体不好的驴友落在了后面。我也有点体力不支，心跳加速，于是停下来喝了点水补充能量后，接着继续前行。

终于，我们翻过了一座山梁，走完了箭竹林。我以为到了石海，可是小云却说，还远着呢。我望着前面可望而不可即的石海，鼓足勇气，拄着拐杖，艰难前行。

接下来的路比想象的还要难走。到达石海，进入草甸，还要爬过一片第四纪冰川。我们脚下踩着厚厚的积雪，小路两旁是潺潺的流水，白雪覆盖着枯枝。大雪覆盖的下面可能就是万丈深渊，所以，我们谨慎地按照路标前行，丝毫不敢乱走。山里气温较低，到处都是皑皑白雪，脚踩上去，发出咯吱咯吱的响声，有的地方的积雪没过了脚面。前面的驴友把雪踩得很光滑，走在上面，滑溜溜的，遇到高坡，还要手脚并用，以防滑倒。好在我穿着冰爪，走起路来比较安全。一路都是阴坡，所以积雪不化，我捧起一大把雪，那种凉而酥麻的感觉真舒服。放眼四望，洁白一片，好像进入了童话世界。

这段雪路走完，我终于看到了石海。这真是名副其实石的海洋。一眼望不到边的石头，大大小小，纵横交错。石头是青灰色的，从脚下直铺到山顶，蔚为壮观。领队和好几个驴友早已到达石海，坐在那里歇息，吃东西。领队看到我，伸出大拇指，冲我喊了一声："好样的！"因为第一次参加这样的户外活动，所以这样的鼓励也是必需的，何况，到达石海可真不是一件容易的事情，很多人已经落在了后面。我的脚早已提不起来了，就和小云坐在一块大石头上，喝水，吃东西，补充能量。

休息了大约20分钟，我们又起身准备向二道梁进发。从石海到二道梁，不停地走，大概还要半个多小时。一路向上，坡更陡，雪更厚，而积雪早已被踏成了坚硬的冰块，一步一滑，非常难走，冰爪似乎也不太管用了。终于，爬过最后一片雪坡，一片开阔的草甸出现在眼前。

一眼望不到边的草甸，一眼望不到边的枯黄，几乎一人高的荒草随风摇曳。远处，松树和柏树整齐地排列着，树上覆盖着一层层的雪，远远看去，犹如披着洁白的纱衣，美丽极了。一条弯弯曲曲的小路伸向远方，路的尽头，皑皑的白雪一直向上延伸，似乎一直连接到了天际。山上的风很大，刺骨的寒风吹得我头痛，坐下来歇歇，可是，满地都是草，草下面还渗出细细的流水，不一会儿，屁股就湿了一大片。

爬到二道梁，其实已经很不容易了，因为很多人爬到石海就已返回，对我来说，能够到达这里，已经相当不错了。有心放弃，可是小云说，东梁山顶上的雪，那才叫雪呢，不看真是可惜了。于是，我又鼓足勇气，拄着拐杖，继续向山顶前进。

沿着梁子，经过艰难的跋涉，终于，下午3点，我们到达了主峰。山顶的雪真厚呀，一脚踩上去，深可没膝。满树都是白的，晶莹剔透，美轮美奂。我走在这个洁白的世界里，宛如做梦。这一定是天堂吧，我也一定是仙境中的美丽仙子。

震撼的石海，一望无际的草甸，白雪皑皑的东梁山顶，多像一个爱人，给我激情，使我振奋，让我在极度的疲惫中重获前行的勇气。

东梁山，我呼唤着你的名字，我甜甜的心里都是你美丽的倩影，我盈盈的双眸中满是你孩童般纯真的模样，我滚烫的心窝全是你令人心醉的笑容。

东梁山，我的恋人！

大水川，我的心灵之约

草原一直是我心中最向往的地方。想象着成群的牛羊，飞奔的骏马，可以在月夜下舞蹈，可以在阳光下高歌，一草一木都充满无限的诱惑。

一次偶然的机会，我与大水川有了灵魂的交集。听名字似乎就有一股清凉的风迎面而来，叮当的泉水一路欢歌而去。

这是一片正在开发的土地，一处典型的高原草甸、天然牧场，据说过去曾经是皇家马场。东西两面群山逶迤，自南而北是绵延不绝的谷地。一条小溪在谷底潺潺流淌，草色葱郁，古树参天，充满了勃勃生机。

沿山谷前行，一路遇见散放的牛马，个个膘肥体壮。老牛在慢条斯理地吃草，在恬静的环境里享受着时光的恩赐，尘世的纷扰和烦恼似乎都与它无关。牛娃娃撒着欢，脖子上的铃铛不停地摇晃，发出清脆的声音。突然间，一群马抖擞着鬃毛在草地上奔驰，享受着清新自由的风。

已经立秋，但关中大地还是烈日炎炎。大水川却像刚刚迎来春天，有暮冬的寒气，有初春的生机。百木葱茏，野花初开，弯曲的山丘，茂密的林子，原始的草甸，还有那自由驰骋的马群、牛群，共同构成了一幅和谐惬意之景。

顺着林间草地上的小路一直走，清凉的风顺着脸颊拂过。我喜欢风钻入衣衫亲吻肌肤的感觉，喜欢在清凉的环境里体味夏日之外的静谧。绿是青翠欲滴的绿，顺着山势倾泻而下，如泼了一地的绿色颜料，树木为深绿，草色是浅绿。连小草之间的缝隙都被绿色填得满满的，只一眼，对大水川的爱便在心底蔓延，如弥漫的薄雾透着耀眼晶亮的光芒。这清澈透明的草甸，真是“手摸白云天，脚踏花草地”。

或许是七夕前夜，前来的恋人们都去小溪边看星星了，围着篝火跳舞的人不是很多，那篝火旺旺地燃烧着，似流淌的火焰，映红了人们的脸颊。我望向天空，牛郎和织女也不知躲到哪里约会去了。突然地，一阵惆怅席卷全身。人总是在患得患失间任岁月悄然流逝，生命的精彩也在无奈的等待中擦肩而过。

帐篷星罗棋布散落在林间草甸，黄黄绿绿地点缀着，还有游人在忙着搭建帐篷。我的帐篷搭建在半山腰的草甸上，躺在里面，这种感觉还是第一次。极怕黑夜的我那晚竟也变得非常勇敢，甚至憧憬和一只梅花鹿的相遇。夜已深，不远处，不知从谁的帐篷里传出了轻微的鼾声，睡不着，躺在睡袋里睁着双眼聆听风吹过帐篷的沙沙声，那声音似有似无，为这暗香浮动的草原之夜平添了些许浪漫的味道。

我轻轻拉开帐篷，朦胧中，不远处一只牛儿正在低头吃草，不时停下来，似乎在沉思，它是在想它的恋人吗?还是它就是那头老牛，在伤感曾经被银河所阻的有情人?受这气氛的感染，在这七夕的夜里，我和这只牛儿内心同样充塞着无言的伤感。“银烛秋光冷画屏，轻罗小扇扑流萤。天阶夜色凉如水，坐看牵牛织女星。”我在坐看牵牛织女星，却没有流萤可扑，抱紧双膝，我把自己埋进银烛秋光的寒意里。

当露水打湿我的长发时，大水川的第一个清晨到来了。周围是寂静的，昨晚吃草的牛儿也许找到了自己的归属，不见了踪迹，早已听不到铃铛的响声。钻出帐篷，一切都笼罩在乳白色的雾气中。我散开长发，任潮湿的雾气拥抱着我。远处的一切都看不清楚，周围帐篷里的人们还都没有醒来，黄黄绿绿的帐篷隐约可见，为这个清晨平添了一种婉约的美。

“我把你装进画中了!”突然有个声音响起，我回头一看，后面的帐篷口坐着一个人，正拿着手机对着我拍照。看不清容颜，不过能成为别人眼中的风景也是一件令人高兴的事情，我友好地微笑了一下。“桂魄初生秋露微，轻罗已薄未更衣。”有点冷，我裹紧衣裙，微闭双目，继续陶醉在自己的世界里。此刻才感到不是夏日更不是春天，已经到了深秋。冰火两重天就是这样的感觉吧。

一直喜欢一个人的旅行，在西风瘦马的古道，在牛羊成群的草原，在篝火肆意的夜间，在残阳如血的黄昏……只有在那一刻，才深刻感受到自己的存在，在大自然里把自己真实地表现出来。身处林场草甸，虽没有草原苍茫深远，但被夹杂着清新草味的晨风所勾起的情感，在这大水川的清晨随着薄雾泛滥。

其实有时候，人还是要有经历的，有了经历心灵才可得到感悟，尽管有时候这种感悟要用痛彻心扉作为代价。一程一道风景，每道风景里必有不同于别处的景致。在漫长的岁月里，谁又能不被诱惑地停下欣赏甚至驻足不前呢？走走停停、眷恋惆怅间，美好的年华已不复存在，沉淀下来的只有满纸的叹息。

就像昨夜的大水川，不，还有今天的短短一次回眸，便留下了挥之不去的记忆。

悠悠陕南情

几个朋友问我，你不是关中人吗？怎么在你相册里，有一组照片提名为“回柞水”？难道你是陕南人，嫁给了我们关中汉子？我笑而不语。

其实，我是正宗的关中女人，但是我每年都要到陕南去，或旅游，或访友，倒不是我在那里有朋友，而是我老公有10年时间是在那里度过的，陕南在他心里始终占据着举足轻重的位置，他把那里视作自己的第二故乡，每每谈起，总是深情款款，不能自已。从和他相识的那天开始，我的耳中便终日能听到“柞水溶洞”“凤凰古镇”“曹坪”“商州师范”等地名，那是他曾经学习和工作的地方，那里还有好多同学、同事以及老师。每个地方在他娓娓动听的描述中都使我如临其境，每个人物让他描绘得性格鲜明，我还未见其人，脑海中就已有其貌了。

记得第一次到陕南是16年前，是去老公一个家在曹坪镇学生的家里。当时那个学生30多岁，已经是村主任，他的家离曹坪镇还有100多千米山路，住在大山的深处。我们人还没到，那个学生已经骑着自行车在曹坪镇等我们了。

当时是10月中旬，可是在山里，这个季节飘起雨来还是很冷的。老公说他想再重温一下当年的记忆，于是我们穿行在村子中的石板小路上。当时正是吃早饭的时间，村民们都端着碗，蹲在自家门前，津津有味地吃着饭。每到一处，他都会停下来，和蹲在路边的村民打招呼，竟然有很多人认出他，那种欢喜之情溢于言表。

当晚，我们在曹坪中学老公同事的盛情挽留下留宿了一夜。第二天，早早起床，往他的学生家里赶，因为学生家人早已做好了饭菜等着我们。我们又开着车，行驶在崎岖的山路上。虽然山路蜿蜒，但老公的驾驶技术极好，所以我很安然地欣赏着周围的美景。

学生一家人早已站在门前的小石桥上等着我们了，学生的父母紧紧拉着我们的手，问长问短。山里人招待贵宾，要叫上村里最好的厨娘，好几个人帮忙，以示隆重。当天的饭是洋芋糍粑，再加上一桌子的好菜，有腊肉、木耳等。席间，主人盛饭布菜，热情得让我都不好意思了。老公一连吃了两大碗饭还意犹未尽。都说山里人热情，我算是真正领教了。

本来我们还打算再待一天，顺便再到乡村的小学看看，因为老公随车带了好多学习用品，他说山里的孩子学习条件艰苦，带些学习用品去看望一下。由于家里临时有事，只好作罢，委托他的学生代劳。我们要走了，学生一家人给我们装了满满一后备厢的木耳、腊肉、洋芋、板栗等，并把我们送了好远好远。

第一次陕南之行就这样结束了，以后的十几年间，我们又去了好多次陕南，或商州，或洛南，或丹凤，或山阳，去拜访他的同学，他的老师。每到一处，都受到了热情款待。席间，他们好像又回到了30年前的学生时代，回忆着那时的淘气，那时的青涩，以及在学校的点点滴滴。他的恩师，陕西省书画家协会的崔孝才老师还挥洒墨宝，为我们写过一幅字，我保存至今。

其实，10多年的陕南之行，除了让我感受到山里人浓浓的情谊之外，还有一点是不能不说的，那就是山里女人的豪爽。山里女人的豪爽表现在猜拳行令上。看见女人划拳，而且划得那么好，我还是第一次见。劝酒也是很有艺术的，最后总把你灌得酩酊大醉，自己却什么事也没有。山里的女人都这样，山里汉子的豪爽和大气由此可见一斑。

我的老公，深受其影响，也是一个豪爽大气之人，但有时又憨厚得可爱。在家庭生活中，我们也不乏浪漫，但有时也有些许的沉闷。每当我感到空气沉闷的时候，就会打开老公的话匣子。你只要说："老公，当年你在曹坪的时候，没有电灯，你是怎么过课余生活的呀？"或者问一句："老公，你们在曹坪打猎时不怕遇到野猪吗？"他就会绘声绘色地描绘："那时候我们拿着步枪……碰到野猪……有时候野猪会跑到学校来……我们……"滔滔不绝，眉飞色舞。我真是感叹大山的神奇，竟然培养出如此虔诚的信徒，使我也在十几年的耳濡目染中变成一个忠实的崇拜者。

基于老公的原因，我想，我其实也可以算是陕南人吧？至少，可以算是大山的媳妇，你说呢？

再游陕南

对我来说，虽然到陕南不是什么新鲜事，但每次去，心中还是很兴奋，因为喜欢旅行，喜欢路上的风景，更喜欢秦岭山别具一格的美。

这次的目的地是山阳，老公同学的儿子准备结婚。我们俩都喜欢旅行，所以我就早早准备行装。他到街上买了花生、石子馍、梨、苹果等蒲城特产，准备送给他的同学。这已经成了雷打不动的内容，我也习以为常，爱拿多少拿多少。

这次计划先到柞水凤凰古镇，再去漫川关古镇，最后到山阳。路上的快乐自不必说。一路上，老公又给我讲起了陕南的朋友、同事和同学，讲起了那里的沟沟坎坎，角角落落。

翻越秦岭时漫山的红叶，遍野的枯黄。我说这时的山没有春天的美，老公说，秋天的秦岭有一种沧桑的美，美得成熟，美得豪放。从车窗往外望去，红黄相间，山头雾气缭绕，一股细细的流水从悬崖峭壁上泻下，竟真的有一种说不出的韵味，如同饱经沧桑的男人的面庞，成熟却不失俊美。

从柞水到凤凰古镇要走一段盘山公路。坐在车上，看着导航仪上显示的千回百折的盘山公路，我的心提到了嗓子眼，可是老公镇定自若，操纵着方向盘，不慌不忙地开他的车，丝毫没受影响，我也就把心放到了肚子里，尽情欣赏岭上的美景。其实，开着车顺盘山公路翻越秦岭，会有一种新鲜、刺激的感觉，那种惬意和舒服在高速路上是感受不到的。

到达凤凰古镇已是晚上10点多，老公的学生早早为我们联系好了宾馆。第二天，我们早早起床，去参观古镇。凤凰古镇虽然是第二次来，但是上次走马观花，竟然没有看到新街。听老公讲，古镇的建筑格局是按照一只飞腾的凤凰设计的，每当夜晚灯火燃起的时候，站在镇子东面山上俯瞰，网状般的街道似一只展翅的火凤凰，因而古镇被称为“凤凰镇”。

我们漫步在老街上，明显感受到这里的建筑与关中民居不同。从外观看，这些建筑更像徽派民居，粉墙青瓦，屋脊中间和两旁均有装饰，正中为莲花或梅花图案，两边有兽脊或龙头。老街里有很多老人，还有很多卖特产的山民。我们来到拍摄《悲情母子》的铁匠铺门前，一个老铁匠正在那里打铁，看见我们拍照，一点也不惊奇，好像早已司空见惯，嘴里悠然地哼着小调，照旧打他的铁。我看那铁匠，一点也没有电视中的铁匠英俊潇洒，于是感叹，生活毕竟是现实的，没有时间上演那么多悲欢离合，喜怒哀乐。

老公在凤凰古镇中学教了几年高中，对这里很有感情，也很熟悉。他感叹，凤凰古镇街道变化太大了，原来的河道都改建了，拔地而起的是一座座高楼大厦，政府部门也搬到了新街。

这时下起了蒙蒙细雨，我们手拉手，徜徉在雨中，尽情享受着那份惬意和美好。游人不是很多，街道上空空荡荡，我们随意行走，倒也逍遥自在。在一处民宅前，老公拿着相机，比比画画，似乎想拍照。我上前，微笑着，用手挡住了镜头。他嘿嘿笑着，收起了相机，连忙说："回忆一下，感受一下，不代表任何思想，你永远是咱家的唯一。"我这才心花怒放。这是我俩之间的秘密，今天就告诉你们吧，老公的一段情，曾经在这里开花呢！如今物是人非，空留一腔感叹。其实我也就是做做样子，都30年了，即使有"醋味"，也早已"风干"了。

吃了一碗牛肉煮馍，我们就离开了凤凰古镇，到下一个目的地——漫川关古镇。本来，沿色河到柴庄，就可以到山阳县城，然后从山阳上高速，走四五十分钟就可到漫川关古镇，谁知快到柴庄时，赶上修路，只好绕道，再次翻越一道岭。我们倒也高兴，就是出来玩的，何必在乎再翻一次岭。一位热心的山民做我们的向导，一路上热心地讲解着，我边听边欣赏风景，遇到美景，连忙用手机拍下来。下了岭，到了柴庄街道，老公送了山民一袋石子馍作为答谢，山里人纯朴，说什么也不要，最后在老公的坚持中收下。柴庄也有他的同事，打了个电话，原本想顺带送些我们带去的东西，只停留十几分钟就走，但同事一家做了丰盛的午饭招待我们，盛情挽留，我们只好留下。一桌山珍，席间交谈甚欢，10年没见，感情一如当年。

2个多小时后，我们带着主人的祝福和叮咛又向漫川关进发了。

漫川关依山傍水，群山环绕，东有崔嵬的龙山，北有巍峨的鹘岭，西南有磅礴的郧岭，金钱河、靳家河穿境而过。这里气候温湿，盛产柑橘、稻米、芝麻、桐油。“昔疆秦晋之塞，今介陕鄂之边”的北国小江南漫川关，素有“南通吴楚，北连秦晋”的水旱码头之称，“朝秦暮楚”的典故就源于此。

古镇街道长而狭窄，地面用石条、石块、石子铺成，双脚踩在上面，脚底就像被按摩一样，很舒服。两旁民宅，大多以木板为墙，房屋小巧玲珑，上有一层阁楼，绘有山墙，翘龙凤角，明镜悬顶，古色古香。这里至今保留着“骡帮会馆”“武昌馆”“百会馆”和“鸳鸯双戏楼”等古建筑群和“黄家药铺”“莲花第”等具有明清建筑风格的民居。“板铺门”“蝎子街”“石子路”，无不诉说着漫川关古镇昔日的繁华和特有的秦风楚韵。

一条青石铺就的小巷，一街两边雕梁画栋的古建筑，一声声柔肠软语的问候，一群群穿街走巷婀娜多姿的少女，构成了漫川关特有的风貌。走进漫川关古镇，一如走进了唐诗宋词的烟柳画桥，又好似走进了灯红酒绿的现代都市。古镇漫川关古风犹存，新貌迷人，难怪人们赞曰：“漫川关，景色鲜，不似江南胜江南。”

由于时间关系，还要赶回山阳县城和老公的同学相聚，所以，我们只好在恋恋不舍中告别了美丽的漫川关古镇，来到了此行的最后一个地方——山阳县城。

在山阳，我感受到的，是他们同学之间热烈融洽的气氛和深厚的情谊。回忆往昔，展望未来，每个人都充满相聚的喜悦和感动。合影留念时，大家流露出来的率真和童趣，使我感叹不已，感叹30年的风风雨雨，虽然改变了容颜，不变的，却是永远不老的情怀。

秩秩斯干，幽幽南山

“秩秩斯干，幽幽南山。如竹苞矣，如松茂矣。”每当读到这句诗时，我的思绪就会在星光低垂的秦岭上空收住翅膀，我那早已被秦岭光芒照耀得通体发光的灵魂，总会在暗夜深沉的上空自由飞翔。如果把黄河比喻成母亲河，那么秦岭就是父亲山，他在一路东进中向南拐了个弯，昂起了2800多米的头，便是秦岭东段最高峰——牛背梁。登上牛背梁、朝拜父亲山便成为秦岭南北子民世代的梦想。

使我震撼不已的还有藏在秦岭深处、蕴藏了丰富文化底蕴的少华山。少华山位于陕西省华州区莲花寺镇，在县城东南约5000米处，主峰海拔1664.4米。它与西岳华山遥遥相对，并称“二华”，但因海拔低于华山，故名“少华山”，又名“小华山”。山上风光旖旎，已发展为旅游风景名胜区。

据神话传说，少华山与太华山（即西岳华山）是天宫玉皇大帝御花园的一对使女华蓉仙子和华芙仙子下凡显形而成，因华山高五千仞被玉帝封为太华之主，盟冠五岳，少华山高四千仞，被封为太华之辅，赐号少华。

少华山以其险绝高峻，让古代众多文人为之赞叹不已。成书于先秦时期的《山海经》曰："小华之山，其木多荆杞，其兽多㸲牛，其阴多磬石，其阳多㻬琈之玉。"东汉天文学家张衡在《西京赋》中有"缀以二华"，将少华山与太华山并提。唐代著名诗人杜甫、白居易、王昌龄、刘禹锡、杜牧、李端、张乔、郑谷以及北宋名相寇准等，都曾来少华山或游赏，或隐居，留下了大量吟咏少华山的诗词和逸闻趣事。张乔吟道："少华中峰寺，高秋众景归。地连秦塞起，河隔晋山微。晚木蝉相应，凉天雁并飞。殷勤记岩石，只恐再来稀。"郑谷亦有《少华甘露寺》曰："日色才临泰华东，岚光如画霭溶溶。轻凝远障浓还淡，倏忽凌崖翠且重。"遍布景区内的石墙、寨门、石井、石炕、暗门古拙坚固，流传着有关隋末瓦岗农民起义军头领王伯当、《水浒传》中梁山好汉九纹龙史进、汉光武帝刘秀等人物的民间传说。

"天下名山僧道多"，少华峰玉皇庙道教遗址、陈抟老祖的"少华石室"、华阳真人及张三丰的"华阳楼仙人洞"，至今尚在，折射出道教往昔的兴盛景象。少华山中的潜龙寺、宁山寺是陕西著名的佛教寺院，寺内建筑宏大，环境清幽，香火旺盛。特别是潜龙寺，据传是汉明帝刘庄为报答此地潜藏其父刘秀之恩，敕令建造，赐名"潜龙寺"，距今已1900余年，是一处影响较大的佛教圣地。

无论你的地位多高、名望多大，山决不会俯仰于你的地位和名望；你赞颂它也好，辱骂它也罢，山受赞誉不喜，遭诽谤不戚，遇辱骂不怒，任凭风吹雨打，静看云卷云舒，一身正气，高挺身躯，用嶙峋的风骨，撑起一片蓝天。多少占山为王的英雄，如今在哪里？多少称雄一时的风流人物，如今在哪里？只有山，永远横空立世，昂然矗立，挺拔于天地之间，高标逸韵，卓尔不群，巍然独存。

山是寂寞的，诗是寂寞的，我是寂寞的。有人在寂寞时想找伴侣，寻热闹。我寂寞时想山，想它的“相看两不厌”。思绪在柔柔的暖阳里来来回回游走，如装满了诗意的心曲在遨游，可以默默倾诉，可以默默倾听。荡涤了世间的五光十色，将大千世界浸染成纤尘不染的色彩，所及之处万物纯净，心与自然有了一种灵性的交流，内心变成一种澄清的幽静。

千百年来，历代君王封禅祭天，而少华山却从没被世俗污染过。她是那么灵秀，那么纯洁，宛如一个纯洁的少女，轻盈地翩然而至人间，泉水叮咚，如她银铃般的歌声，直唱得山水含笑，草木含情。徜徉在这个如世外桃源般的仙境里，我的心似乎也抛开了尘世间的喧杂。

我想，这样一个未被世俗污染的世界，必定是精神和灵魂的净土。

梦回秦关

· 澜湖夕照

· 唐陵遗梦

· 洛河魂　龙首韵

· 照金的春

· 关关雎鸠，在河之洲

· 踏春

· 追秋

· 挽秋

· 寻访华阴老腔

· 华胥寻根

澜湖夕照

澜湖，其实就是卤阳湖，但卤阳湖却不叫澜湖。我之所以这样称呼它，是因为一座名为“澜湖墅”的别墅。更因为，每当夕阳西下，从亭子和楼阁后面透过来的夕阳的光辉粼粼地洒在湖面上，风儿从湖面刮过，那种粼粼的波纹就这样荡漾着，一直荡进柔柔的心底，泛起阵阵涟漪。

阳光正强。一丛芦苇在夕阳的映照下发出耀眼的光芒，微风掠过她动人的身姿，于是就如少女般袅袅婷婷起来。我用手轻轻一弹，芦絮便轻盈地飞了，撒在我披着黑发的肩上。

畅游在翠绿的竹林中，或行走，或静坐。此时，阳光透过斑驳的竹叶的缝隙透射进来，竹越发耀眼，越发翠绿。我不禁想起杜甫那首描写竹子的诗句：“雨洗娟娟净，风吹细细香。但令无剪伐，会见拂云长。”此刻的天空，虽不湛蓝，也没有漂浮的朵朵白云，但整个天空显得悠远而苍茫，也另有一番韵味。

凭栏而立，任初秋的风轻拂脸颊。刚才耀眼的阳光也渐渐失了锐气，变得柔和起来。太阳如同害羞的少女，偷偷地藏在不远处亭子和塔的背后，露出微红的半边脸，用好奇的目光瞧着拍她的两个人。金光洒在湖面，远处的湖水清晰地映出亭子和塔的倒影，就连不远处的长廊也在湖水中看得清清楚楚。

来到湖边，坐在一块被风吹得很干净的石头上。残阳如血，暮气渐渐笼罩在湖面上，湖水变得微蓝，周围的一切也显得清澈和干净。蜿蜒而来的小路尽头一对情侣相拥着，不时传来轻笑声。因了这美丽夜景的缘故，男人抱起女人，潇洒地转起圈儿，女人快乐的惊叫声传了过来，从湖面随微风飘向很远。

碎碎的步伐走了又停，一步，两步，
瑟瑟的短风起了又静，三缕，四缕，
蓬松的阳光斜射下来，几阕，几阕。

我望着悬挂在夜空的一弯新月，微闭双眸，期盼一个奇迹的发生。初秋的夜晚没有星星，然而此刻，我多么盼望满天繁星闪烁！也许浪漫的情怀属于少男少女，然而我的心竟如激情的少女般。当我睁开双目的时候，奇迹般的，天空竟缀满美丽的小星星。我惊喜地奔跑着，伸出双手想紧紧抓住它，生怕消失。

有人说，为自己而亮的星星，许什么愿望都会实现的。

真的吗？若果真如此，我要做一个淡雅的女子，做文字的心灵知己，守住那个相依相伴的人。文字是开在心底的花，把心中的爱折叠成诗卷，让一颗浮躁的心在墨香里沉淀。

冰心说：“人的一生应该像一朵花，不论男人和女人，花有色、香、味，人有才、情、趣。三者缺一不可。”是的，只要我们心里有花香，有诗情，有暖阳，那么，吃粗茶淡饭也感觉香甜浓郁，穿棉麻布衫也是一种时尚，过清简的日子也别有一番雅致情趣。

卸下尘世的累，轻装前行，做素淡的女子，与山水相亲，和草木欢颜，与明月清涧相邻。一杯茶，一本书，一个微笑，足以让我满足。陆苏说：“简单的生活，贵重的安宁，慢下来，把日子过成诗，你心柔软，却有力量。”

卤阳湖，一个美妙的去处。

唐陵遗梦

每当《霓裳羽衣曲》在耳边萦绕时，我的心就会随着美妙的舞曲，飞越时空，回到大唐，感受着那段不朽的浪漫绝恋。

桥陵是唐朝皇帝李旦的陵墓，东边是泰陵，他的儿子唐明皇李隆基长眠的地方。

站在桥陵脚下抬头仰望，满山的翠绿，小草在微风中轻轻摇曳，不知名的野花五颜六色。青青的松柏漫山遍野，苍翠欲滴。随着小路的蜿蜒，通往山顶的道路一直延伸，似乎延伸到了天边。我徜徉在微风拂面、翠草碧绿的山间。深吸一口气，微闭双目，那种清香的气息沁人心脾。

此刻，那随着岁月流逝早已遁入历史成为过往云烟的李旦，可曾想到，几千年后，还有一段如此动人的传奇被自己的儿子李隆基铭刻在时光里，千古传颂。

我不禁东望，不远的那座山上，唐玄宗长眠在泰陵，他的忠臣高力士伴随在他的身旁，如生前一样不离不弃。天生丽质、温婉多情的杨玉环呢？静静的马嵬坡见证了她的风华绝代与香消玉殒，这是冥冥中命运的安排吗？《长恨歌》如今在骊山夜夜不休，倘若她泉下有知，一定会泪洒罗裙，叹命运多舛，那千般缠绵、万种柔情却抵不过一座江山。如今，唐明皇孤独地躺在泰陵，曾经的爱恨情仇早已灰飞烟灭，陪伴他的，除了缠绵的风儿，只有父亲长眠的桥陵，两两相望，细数着时光的流逝，日月的变迁。

夕阳西下，我依然漫步在山上，感受它的美丽，看落日西近，看余晖洒满青山，看金色的光芒笼罩着大地，一切是那样神秘而绚丽。一时间，我眩惑了，我是大唐的妃子吗？我为何在这遍洒浪漫的唐陵上双眸竟泪花点点？

青山不朽，因为它孕育着生命的绿色；落日不朽，因为它收集了最绚烂的阳光；寻梦大唐，因为它诉说着千年传奇的爱情，书写了不朽的篇章。

我的心因了贵妃的柔情和幽怨而变得分外柔弱。期待“青青子衿，悠悠我心”的美好，向往“宜言饮酒，与子偕老。琴瑟在御，莫不静好”的和谐。此刻，我拥有了全部，我的幸福不仅仅张扬在唐陵上，更充盈了以后的岁月，从而使生命变得无限灿烂。

而我，醉心于此，忘了回家的路。

洛河魂 龙首韵

《水经注》里记载，秦朝的时候，有一条黑龙在渭河里饮水，它途经的地方恰好形成了一座土山，而这里又是龙头所在的地方，所以就有了龙首山。当时这里的地势要高出西安别的地方很多。在汉代人的记载中，称龙首山“长六十余里，东北临渭水，西南到樊川”，最高的地方约有66.7米，最低的地方也有16—20米，比当时的汉长安城要高出不少。

传说长安城有条龙脉，头向北，饮渭河之水；尾朝南，吸天地之灵气。龙头就是今天的陕西省蒲城县洛滨镇龙首村。龙首村紧靠洛河，隔河与澄城县交道村相望，跨过洛河桥，往北就是澄城县的尧头窑遗址。

在陕西，高于地面的广阔平坦台地，一般都被称为“塬”。龙首山其实也是个塬，所以逐渐也被称为龙首原。

龙首村的出名，是由于龙首坝的缘故。以洛河为界，将此大坝分为澄城龙首坝景区和蒲城龙首黑峡谷景区两大部分。蒲城龙首黑峡谷风景旅游区位于龙首村境内，是由龙首坝、龙首瀑布、河湾草地密林组成，目前是蒲城、澄城两县共同开发的景点，是振兴两县旅游业发展的一颗璀璨明珠，以其悠久的历史文化和秀丽的自然风光驰名天下。

如果说洛河是大自然留给蒲城最为壮美的一幅山水长卷，那么，龙首黑峡谷就是镶嵌在画卷上耀眼的那颗明珠。

我和丈夫去时正是8月份，飞瀑流影，从大坝上飞泻而下的瀑布震耳欲聋，翻滚的浪花震撼人心。此时的龙首村游人如织，热闹非凡。我们顺着龙首渠往里走，准备绕开嘈杂的人群独辟一块清静之地。野花绕渠，蝴蝶翩翩飞舞，我轻快地顺着木桥跑到对面，丈夫拿着相机，边走边拍摄着路边的美景。再往里走，小路弯曲而狭窄，路旁长满荆棘，酸枣青青地挑在枝头，我小心地收起裙摆，生怕被刺挂住裙子。

上上下下，转弯再转弯，终于走完了这段小路。待下到谷底，眼前豁然开朗。一条弯弯的小河出现在眼前，小河转弯的地方，静静地躺着一片沙滩，摇曳的芦苇生机勃勃，间杂着萋萋碧草。对岸绿树成荫。阳光透过翠绿投射下来，有沙沙的声响。水是清澈见底的，风吹过的地方，一股清凉就会自脸颊拂过。

整个峡谷是清幽而雅致的。

我脱掉鞋子，沿着河里的石头小心翼翼地往里走。水有些凉，但很舒服。我坐在一块光滑的大石头上，任河水漫过小腿，浸湿裙角。此时此刻，内心竟涌起一种眷恋，真想就这样待着，不想世事，不羡繁华，与山水为伴，朝闻花香，暮赏落霞。而现在的我，从里到外都沾满世俗的味道，也许从嫁为人妇的那刻起就已经失去了那份简单。

我正出神，丈夫喊："裙子湿了！"我连忙低头，裙子早被河水打湿，我朝他喊过去："我想在河中心走！""什么?"他没听清，又喊了一声。我不再理会，索性站在了河水中，凉丝丝的感觉。

我望向对岸的树林。树林里有几个年轻人在大声说话，身影时隐时现，不时传来愉悦的笑声。也许看见我站在岸边吧，于是一个男声唱了起来："对面的女孩看过来／看过来／看过来／不要被我的样子吓坏／其实我很可爱／寂寞男孩的悲哀／说出来，谁明白／求求你抛个媚眼过来／哄哄我／逗我乐开怀……"

丈夫大笑，取笑我说那边当我是小姑娘。我竟也窃喜，好像真的如歌中唱的一样年轻起来。探谷寻幽，访春拾美景，于我竟不是单纯的了，而是在寻找丢失的美好年华和纯真心态。我的心灵是净化的，我的情感是真挚的，我对于人世间的一切，仍然充满无限的眷恋和热爱。

"时鸟啼春笑语频，清风醒柳卷烟尘。千花无影思无际，我展柔心唤绿茵。"这就是龙首黑峡谷。这里虽然没有清澈的小溪和茂密的森林，却有一分安详与宁静。多年来，龙首人在洛河边，在这个曲径通幽的安谧小村，过着世外桃源般的生活。龙首村，实在是一个美好的去处。

回眸，一片盎然绿意。

照金的春

照金，位于陕西省铜川市西北部，自古乃军事要塞。相传隋炀帝巡游至此，称“日照锦衣，遍地似金”，照金因此名传天下。

五一前夕，怀着一颗敬仰之心，我来到这片洒遍热血的红土地。天是瓦蓝的，蓝得令人心醉；云是洁白的，白得使人神往。而那一望无际的耀眼的绿色，如一缕清新的暖风吹拂着我。

站在纪念馆门前远眺，北面耸立着险峻的山峰，两个红色大字“照金”赫然镶嵌在顶端。逐级而下，满目花红柳绿，游人如织。

我心中涌动着无以言说的情感。1932年，刘志丹、谢子长、习仲勋等老一辈无产阶级革命家在此创建了陕甘边革命根据地。陕甘边革命根据地的创建和发展，是中国共产党在西北地区实行“工农武装割据”的伟大实践，沉重打击了国民党在西北地区的反动统治，有力地推动了西北地区革命战争的开展。同时，为红军长征胜利和党中央把中国革命大本营放在西北提供了落脚点。陕甘边革命根据地的革命实践，极大地丰富了土地革命斗争的历史经验，为我们留下了一笔宝贵的精神财富。

纪念馆序厅内，岩板石片铺就的地面与气势恢宏的铸铜雕塑即刻将人带入庄严肃穆的氛围。序厅中央跳动的火苗，象征着薪火传承，也是后人向革命前辈致敬的光芒。主展厅重点展示了陕甘边革命根据地从初创到巩固、发展的光辉历程，尤其是那一件件珍贵的革命实物和史料、文件，仿佛将人带入历史的现场，真实而感动。用心聆听讲解，亲手触摸沧桑的物品，每一个展柜、每一段视频、每一件物品的背后都是一个个真实的故事，一份份真挚的情感。而在陕甘边革命英雄纪念展区，100多位英雄的姓名和照片，记录着一个个鲜活的生命，有些英雄甚至没有照片，但更让人感怀。

穿过纪念馆，俨然另一番景象。一条木板铺就的小路蜿蜒进牧场，石子点缀在其间，一直延伸到远方。牧场的地势起伏不平，绿色也顺着地势起起伏伏。不远的最高处，几丛芦苇也凑着热闹，在那儿静静地站立。太阳洒下点点光芒，芦苇变得耀眼起来。我是极喜欢芦苇的，那种微风摇曳中的绰约风姿和阳光下的斑斓夺目有无以言说的魅力。

牧场的鲜花还没有盛开，没有绚丽的色彩，但纯粹的绿却格外养眼。站在牧场中间极目四望，不远处的山峦高高耸立着，由于远的缘故，只隐约瞧见略略的青色，相传这是薛刚反唐时的屯兵之地，名叫薛家寨，被岁月的风霜侵蚀了近千年却依然那样险峻。历史已成过眼云烟，红色精神却永远被继承和传扬了下来。

突然就出现了一座木屋，屋前一棵高大的树，叶子翠绿而茂盛，令人不由想起了电影《山楂树之恋》，眼前仿佛出现了那个战火纷飞的年代。在那残酷的岁月里，这儿是不是也上演着一幕幕热血青年的儿女情长？

岁月是不老的歌，这里的山山水水随着时间的流逝谱写着一曲又一曲动人的篇章，而每一曲里都有一个光辉灿烂的名字：照金！

关关雎鸠，在河之洲

“关关雎鸠，在河之洲，窈窕淑女，君子好逑。”这是《诗经》第一首《关雎》篇的开头四句。只要稍微懂点中国历史和文学的人，没有不知道这首诗歌的。对于这首诗歌，我当然也不陌生，从少女时代就吟诵着这美丽的诗篇，心中充满对爱情的憧憬和向往。

古今中外唯美的爱情，多以凄婉动人的悲剧流传后世，而合阳洽川的处女泉，却谱写出一首周文王与洽川姑娘太姒之间纯真完美的爱情诗篇。

相传商代末期，洽川的莘野村出了一位美女，是姒家的大姑娘，名叫太姒。太姒不光长得美，还心灵手巧，贤德无比。相传太姒在处女泉沐浴，肤如凝脂，面若桃花，文王恰巧路过，不禁看呆了。太姒也深深爱上了英俊威猛的文王，两人一见钟情，当下在沙滩上对天盟誓，做一生一世的好夫妻。太姒与文王成亲后，文王主外，太姒主内，把西岐治理得国富民强。因太姒贤而有德，被后世尊为“圣母”。

这里是中华民族文化的发祥地之一，也是情诗的源头。《关雎》，这首著名的爱情诗篇，写的就是周文王和太姒浪漫的爱情故事。

然而此前，我从来没有把这首诗歌和合阳洽川联系在一起，更没有想到，美丽善良的太姒姑娘，就出生在风景秀丽的合阳洽川。

走进洽川，处女泉、黄河魂、夏阳瀵、生态园、福山5大景区，60多处景点，互为映衬、浑然一体。万亩芦荡，千眼神泉，百种珍禽，十里荷塘，这是合阳洽川最真实的写照。

第一次去合阳是前年夏天，正值荷花盛开，那壮观的景象，令人想起那首耳熟能详的诗句：“接天莲叶无穷碧，映日荷花别样红”，那是最初对洽川的印象。

这次去合阳，才真正领略到了洽川的美。站在船上，初冬的风吹过来有点冷，我迎风而立，任长发随风飘扬。船穿行在芦苇荡中，远远望去，金黄色的、一望无际的芦苇在风中摇曳，风儿吹皱了河水，船儿搅乱了粼粼波光，那河水柔柔地荡进了我的心里。不远处，几只黑鹳贴着水面飞翔。拍拍手，它们便不慌不忙地拍拍翅膀轻离水面，一路向前用嘴巴轻点着水面，水面泛起点点波纹，顺着飞离的方向洒下一行行美丽的诗句。

“蒹葭苍苍，白露为霜。所谓伊人，在水一方。溯洄从之，道阻且长。溯游从之，宛在水中央。”此刻，我眼前仿佛出现了一位羞涩的少女，她缓缓而行，一袭白色的长裙，秀发披肩，明眸皓齿，迎风而立，似乎在等待心上人的到来。早晨的薄雾笼罩着一切，晶莹的露珠已凝成冰霜。少女满怀期望，一会儿站在水边，一会儿又伫立在沙洲之上，双眸盛满幽怨和哀伤。我的心也因为这美丽的诗句而变得柔情，诗中所描绘的深秋空寂和悲凉的景象丝毫没有影响我的心境，反而使我生出了一种依恋和渴望。

秋天的芦苇荡是苍茫的，有一种成熟和厚重之美。我想，春天的芦苇荡一定会更美，一望无际的碧绿，碧绿的芦苇，碧绿的河水，而那位美丽的少女，一定会和她的心上人泛舟在迷人的芦苇荡中，那时，一定是“蒹葭青青，绿水为屏”了。

临泉水而立，处女泉上雾气缭绕，四周金色的芦苇在乳白色雾气的笼罩下显得朦胧而神秘。美丽的太姒姑娘似乎刚刚从温泉中沐浴出来，肤如凝脂，含羞地在泉边梳理着长长的秀发，多情的双眸顾盼生辉。

站在关雎洲上，幽深的长廊无声地诉说着往昔那段美丽的爱情。我似乎看到英俊的周文王姬昌手牵贤淑美丽的王妃太姒漫步在沙洲上，多情的文王在心爱的姑娘耳边喃喃低语，耳旁是雎鸠的鸣叫声，一切和谐而美好。

我行走在关雎洲上，感叹美丽的洽川蕴藏着如此雄厚的文化底蕴和动人的爱情故事。浪漫的情感一直是爱情的主旋律，这次的洽川之行，实实在在感受到的是一种纯粹的、唯美的、诗意的、浪漫的意境，这种意境只属于洽川，属于处女泉，正是这种独特的气质才孕育了洽川的美，让它美得那样与众不同。

合阳洽川是一幅正在展开的美丽画卷，是一部正在开播的电视剧，是一首正待传唱的优美歌曲，是一个潜力无穷、魅力无尽的五彩宝藏。

踏春

“三八妇女节”那天，天气很热，我们一行人准备到龙首坝水库和澄城县尧头镇玩。

龙首坝是一座石拱滚水坝，它横跨澄城县交道镇樊家川行政村管辖的状头村，处于洛河下游。因汉武帝时的龙首渠的渠首段在此而得名。

我们登上了“龙首坝”纪念亭，纪念亭是仿古木结构建筑，古朴大方，当时的国民政府主席林森亲笔题写了“龙首坝”坝名。龙首坝工程宏伟，附近沟壑纵横，怪石林立，水流湍急，坝下河床狭窄，形成了状如“壶口”的瀑布和险滩、湿地、龙眼、龙潭等自然景观；下游1000米处还有著名的温泉，山清水秀，风景优美。

我们今天来得不巧，因是灌溉季节，水库没有放水，看不到“飞流直下”的壮观景象，但我们体验到了快乐，所以并不遗憾，一阵风吹过，顿觉凉爽。河水碧绿，游人喧闹，濡湿了我的心，悠闲信步，我的心随着洛河在奔跑，伴着龙首坝在荡漾。

接下来我们到尧头村参观。尧头古镇位于澄城县西南，与白水、蒲城两县邻接，老镇很多民宅已被废弃，现改称尧头村，当地人称之为“老街”。

澄城陶瓷主要产于尧头镇。据《澄城县地名志》记载，尧头镇古称“窑头镇”，因瓷器窑较多而得名，又由于古圣人“尧”与”窑”的发音相同，久而久之，“尧”这个优雅的字慢慢地取代了“窑”。尧头镇地名一直沿用至今，尧头陶瓷烧制技艺已被国家列为“非物质文化遗产”。

我们穿行在古老的尧头村中，感受昔日的无限风光。现在满目的破败与荒凉，沿路都是早已废弃的很多年前烧制瓷器的窑洞。我记得小时候，家里有好几个瓷瓮，用来装新收的小麦，谁家的瓷瓮多，就意味着谁家的粮食多。如今，瓷瓮早已退出了人们的生活，这些窑洞也逐渐被废弃，退出了历史舞台。村里老一辈的陶瓷艺人逐渐故去，如今的年轻人早已奔向外面多彩的世界，搬到交通便利的地方居住，老村只留下空空的院落诉说着岁月的沧桑。

我在一棵古树下停住脚步。这棵古树看起来有好几百年的历史，满树斑驳，树身是空的，但树干很粗壮。旁边小道蜿蜒，周围院落破败，满地残垣断壁。我不由想起马致远那首著名的小令：“枯藤老树昏鸦，小桥流水人家。古道西风瘦马，夕阳西下，断肠人在天涯。”现在不是秋天，没有小桥流水，我也不是在天涯的游子，但此时的景象和这首诗真的很贴切。

来到老村的最高处，我极目远眺，远处的梯田早已绿意盎然。羊群在下面的土坡上悠然地吃着草。阳光明媚，春风拂面，真是神清气爽。

归途中,我又回头望了望。岁月虽然无情,但时代在飞速发展,尧头陶瓷的变迁,正体现了文明的进步。

追秋

总以为，秋就是萧瑟、颓废和荒凉，城市周围的景物的确没有一种朝气蓬勃和能彰显艳丽色彩的地方，于是心情很低沉。但不甘心，心中始终燃烧着对美好秋日的热情和向往。

于是我寻觅，去追秋，去追那藏在尧山深处的一抹秋色……

步入尧山的那刻，我真的被那浓重的秋色吸引和感染。尧山的秋，在山间的树木上，翠绿；在遍地的野花上，黄、蓝、紫，这些都是属于秋天的颜色。秋天虽不柔和，但很绚烂，就连山顶旷野随风摇曳的蒲苇草也很妩媚。

秋日的暖阳映射在身上，起初是温暖的，及至爬到山顶，浑身竟出了一层细细的汗。顺着林场的小路往里走，越来越深幽，路边突然出现了灿烂的黄，那黄色起初是一小片，慢慢地，顺着小路的延伸，黄色越来越亮，越来越耀眼，越来越鲜明。黄色是不知名的低矮的树木，傲然地挺立在小路的边上。脚底下也沙沙地响了起来，低下头，把恋恋的目光投向脚下，竟然是一层黄叶。那黄叶厚厚的，比平常的叶子大，顺着小路一直向前。我小心地踩上去，一种软绵绵的感觉自脚底传遍全身，我不由得想起汉武帝刘彻《秋风辞》中的一句诗："秋风起兮白云飞，草木黄落兮雁南飞"，没有南归的大雁，但秋风却令天空湛蓝，云儿也不知飘向了何方。

小路边及山坳里，竟有满山坳的柿子树，满树的红叶摇曳在秋风里。那是一种微红，一团团簇在一起，微红便变成火红。此刻，阳光隐在了林后，那种红就更加浓烈，间或着青松和古柏簇拥着的绿色，犹如一幅生动的画卷。

下到山坳，仰起头看那片红，飘在空中的不止有红叶，还有红彤彤的柿子，一颗颗圆圆的，有的挑在树尖，像快乐的天使倾诉着心事；有的藏在叶下，犹如少女娇羞的脸。这时传来说话声，仔细听，是一对夫妇在山坳的柿子林摘柿子。男人登着梯子爬到树上摘，女人坐在地上，一颗颗仔细地捡着，不时送去关心的话语："小心点咯"，男人感受着女人的关怀，朝着她温和地笑笑："你好好捡柿子，别弄破了"，于是女人小心地把目光重新投向手中。

此刻的阳光又钻出了林子，柔和地洒下金色的光芒，刚才厚重的红和绿又变得亮丽起来。整个山坳是如此祥和、温暖。

下山的路上发现天气格外晴朗彻透。阳光透过绿色树叶的缝隙投下斑驳的光影，映射在脸上、身上，整个树林是葱郁的、清幽的。绿叶的顶上，天是湛蓝的，几乎没有云。行走在如画般的小路上，真是醉了！

"自古逢秋悲寂寥，我言秋日胜春朝"，刘禹锡说得多好！看惯了城市的灯红酒绿，心中对季节的感悟只是来源于对温度的感知，对衣着的变换，而大自然多彩的季节变化似乎只是停留在印象里，尤其秋。

今天，却实实在在地感受到了秋的妖娆、婀娜、热情，她的美丽绝不逊色于春夏，甚至更加令人珍惜、欣喜。春夏不会隐藏，她或者朦胧，或者奔放，要展现的美全在季节的桥头一览无余。然而秋不同，她会隐藏，她懂得把最美的一面留在最后，等待她的知音靠近她，读懂她，追逐着她热情的脚步奔向下一个明媚的春天！

挽秋

时令已至秋末，冬季的寒冷已然感受得到了。尧山灿烂的秋色还没有从心中消除，对于秋姑娘即将远去的脚步不免深深地依恋和惋惜。

于是，我踏上了去黄龙的路途，去黄道岭、穆柯寨，再次追逐秋的踪迹，想用镜头挽留住她美好的身姿，为一冬的寒冷储备温暖。

如果说尧山的秋是灿烂而妖娆的，那么初识的黄道岭的秋却是深沉而内敛的。尧山的秋是风姿绰约的少妇，黄道岭的秋更像雍容华贵的中年妇人，稳重、沉静，一袭暗红带黄的旗袍裹着丰满的身体，以温和的姿态优雅地微笑着。

顺着山中蜿蜒而上的台阶，来到岭的最高处，此时，秋风已经变得寒冷，有些刺骨，我用纱巾裹住飘飞的长发，踩在积了厚厚一层黄叶的小路上。这里的黄叶也和尧山的黄叶不同，尧山是银杏叶，金黄、灿烂，而这里的叶子暗黄并且带着千万缕丝线，缠缠绕绕。风很大，但吹不起一片黄叶，只听到沙沙的声响在林间回荡，宛如美妙的音乐。

顺着山路又转到了另一座山前。同样的蜿蜒小路，同样绵长，但景色却完全不同。残垣断壁，孤独的吊桥，一路枯枝，红叶变枯了，也不知飘飞去了哪里，几只乌鸦落在枯枝上，台阶光秃秃的，徒增了几分秋的萧瑟。呵，萧瑟啊！此刻的我才真正体会到了秋之将去的哀伤。“枯藤老树昏鸦，小桥流水人家，古道西风瘦马，断肠人在天涯。”没有小桥流水，却因这萧瑟有了“断肠人在天涯”的丝丝哀愁。

此刻的天空是阴暗的，厚厚的阴云笼罩着，中间露出一丝狭长的湛蓝，像被撕了一道长长的口子，那狭长的湛蓝为这萧瑟添了一丝清亮。突然，我眼前一亮，在一棵孤独的小树上，两片独绿的树叶在寒风中摇曳，显得那样耀眼而不拘一格。它们昂扬着身姿，似乎在展示自己最后的美丽，也似乎在向人们昭示着自己对青春岁月的留恋，对美好年华的追忆，对生命的渴望和热爱。我的心因了这亮色而有了些许温暖。

“秋尽郊原情自哀，菊花寂寞晚仍开。高风疏叶带霜落，一雁寒声背水来。”天上一行大雁展翅南飞，太阳依然躲在云层，吝啬地不向大地洒下一点阳光。

至穆柯寨，却是另一番景象。碧绿的草地上，一群奶牛和羊儿在悠闲地吃草。我惊喜地奔过去，却发现原来是人工做成，个个栩栩如生地以各种姿态站立在草地上。那草青青的，让人顿生一丝爱恋，一丝憧憬，一丝喜悦。太阳也似乎为这浓浓的绿意喝彩，在天空展开了笑颜，阴云散去的天空，天是那样蓝，云朵似水洗过一般呈透明的白色，金黄的树叶也凑热闹似的渲染着秋色。

那寂寥和萧瑟呢？人们也因为喜爱秋的美好所以才如此眷顾地以绚丽做最后的挽留吗？无论是何种景象，它总是秋的一种特色，一种姿态，是她在四季中存在的特有的方式。

黄龙的秋，沉静和华贵并存，萧瑟和生动共在，人的心境竟也生出哀伤和喜悦。如此心境，想必就是秋时独有的情思吧。而整个秋意，就在这黄龙的秋天里慢慢远去。多情的我，无论再如何以多情的双眸留恋，也只能独惹一丝闲愁罢了。

寻访华阴老腔

“女娲娘娘补了天，剩块石头就成了华山。太上老君犁了地，豁出条犁沟就成了黄河。”接触华阴老腔，还是从这句唱词开始，那雄浑豪迈的腔调，慷慨激昂的歌喉令人久久难忘。

2016年4月22日，我来到华阴市罗敷镇大仙村，寻访民间最原始的、不加任何修饰和包装的华阴老腔。

联系了华阴市做文化产业的朋友刘海燕，于是我们一行4人驱车前往。海燕是一位热情的女子，美丽而文雅，自己开了一家文化公司，微信公众平台“微华阴”就是她负责做的。

说起华阴老腔，就不得不说陕西省华阴市的双泉村。这是一个位于西岳华山脚下的小村庄，黄河、渭河和洛河在村庄附近交汇，村子里有一个代代相传的老腔皮影戏班。皮影戏在陕西一带并不少见，但是双泉村的这个戏班子却会一种叫作“老腔”的独特唱法。据说早在西汉时期，这里是一个军事粮仓，漕运直通当时的都城长安。带头船工为了统一大家的动作,一边喊着船工号子,一边用木块敲击船帮——这就是老腔的由来。

老腔名称之来源说法有二:一是与当地流行的其他剧种相比,年代较早,尤其是音乐显得古朴悲壮、沉稳浑厚、粗犷豪放,为古老之遗响,所以称为老腔;二是,由于它是从湖北老河口的说唱传到华阴演变而成,所以取老河口第一个字命名为老腔。

老腔实在是一种很小众的戏种,是以皮影的形式进行演出的戏曲剧种。它只需5人就可撑起一台戏:签手(指挥皮影)、副签手、前首(主唱)、后台、板胡。但这个剧种里,“生旦净末丑”却一个都不缺。只不过,这五种角色都由主唱一人承担。因此,主唱的嗓音天赋就尤为重要。自家的木凳,自制的琴弦,口耳相传了千年的唱词唱腔,这种土得掉渣的、独一无二的、震撼人心的老腔,就以这样的原生态,被原封不动地请到了大都市大剧院的舞台上,也被请进了中央电视台的演播大厅。老腔,以这种最原始的风貌出现,却得到了最广泛的认同。

华阴老腔生于张氏家族。长期以来,属于华阴市泉店村张氏家族的家族戏(该音乐只传本姓本族,不传外人)。张喜民、张新民、张军民、张拾民是华阴老腔正宗传人张全生的儿子,他们保存着老腔自清乾隆年间传下来的百余个戏本。这些戏本几乎全是北宋、金、元时期民间流传的关于西周、春秋战国、三国、唐宋的故事。翻开本子,可以看到用毛笔竖排记载的一段段唱词。随着年代的久远,纸质已开始发黄变脆,好在艺人们早已对唱词铭刻于心,平时剧本几乎不用,只有重要的时刻才会拿出来展示一下。

时代变迁,老腔也加入了一些新剧本。舞台上的农民演员个个精神抖擞,甚而杀气腾腾。在近1小时的表演中,每人都投入了百分百的精气神，以像秦腔那样几乎扯破嗓子般的力气高歌，让对面山头的人都能看见自己的舞动。

“一声吼尽千古事，双手对舞百万兵。”当苍劲的老腔响起，古战场上长枪大戟，刀光剑影，忽而人喊马嘶，气吞山河，忽而鸣金收兵，四顾苍茫，陕西人的刚强性格、雄强心态跃然而出。“在陕西，最能体现秦人性格的皮影唱腔，那要数华阴的老腔了。”很多时候，艺人们与其说在演唱，不如说是将唱词“吼”出来。华阴老腔因其浓厚的原生态唱腔，也被中外观众亲切地称为“东方摇滚”。

华阴老腔在选材、旋律、唱腔、服装、道具方面，更贴近群众生产生活。例如，老腔演出时，演员们并不刻意化妆，也没有复杂的表演服饰。在演出动作上，老腔艺人们也表现出很大的随意性，有的坐在长凳、矮凳上，有的斜靠在柱子、墙壁上，有的甚至蹲在舞台上或者席地而坐。女艺人们在舞台上也常常手持纺锤模仿纺线织布，或者手拿鞋底模仿穿针引线，这种与日常生活高度统一的演出形式，在我国地方戏曲中是非常罕见的。生活气息浓厚的原生态风格恰恰是华阴老腔的独特魅力所在。

老腔的主要价值体现在剧史的本源性、传承的封闭性、剧种的独存性、取材风格的张扬性、音乐体系的自律性、审美对象的广泛性以及语言风格的原声性。它的主旋律是船夫号子的音乐化，是艺术源于生活的见证，取材于历史战争，唱腔亢奋激越，充满阳刚之美，因而具有独特的审美价值和民族精神价值。

正因为这种独特的价值，使华阴老腔充满无穷魅力。而我们所要寻访的是，那种散落民间的、没有经过任何艺术加工的人、物、景和唱词。

罗敷镇大(dai)仙村是一个美丽的村庄,麦苗青青,绿树成荫,或许是在浓郁的文化底蕴的熏陶下,这里民风淳朴,极具地方特色。

大仙文艺社设在一户农家,我们到达的时候,老艺人们早已摆好乐器在庭院等待,如老朋友般握手寒暄后,各自落座。演员们各就各位,手拿乐器,开始了原生态的演唱。

还是7个人,除了乐器表演的4人,另3人主唱。有艺人刘水长演唱的一段文戏,任麦才演唱的《薛仁贵征东》里面的一段唱词,还有杜稳花演唱的《秦琼打粮》选段。曲调时而舒缓细腻,时而慷慨激昂;语调时而低沉,时而高涨,令人回味无穷。

“刚才演唱的有文戏也有武戏,各选一段表演,能全面感受一下老腔的魅力。”大仙文艺社的秦荣团长说,“我们每周都进行排练,有歌舞、眉户和老腔,每逢红白喜事都去表演,受到群众的热烈欢迎。”

大仙文艺社的前身是歌舞团,已经有十几年的历史,为了弘扬民族非物质文化遗产,把华阴老腔传承下去,半年前改名为大仙文艺社,主要从事老腔的原生态演唱。大仙文艺社是一个地地道道的民间组织,它不同于双泉村的张氏戏班,多了一种纯粹,一种质朴,一种原汁原味。如果说张氏戏班是在现代文明熏陶下的一种蜕变,那么大仙文艺社则是不施粉黛而令人怦然心动的自然美。

华阴老腔加入现代音乐元素虽然更具吸引力,但是对于传统文化来说,它更需要保持那种最原始的、质朴的唱腔才能完美地传承。在走访完大仙文艺社后,我心中深深生出了这种感觉。

告别了淳朴的老腔艺人,告别了美丽的姑娘刘海燕,踏上归途的时候,我的心被激越豪迈所填满。在非物质文化遗产的传播上,我们有责任和义务去尽一份力,把华阴老腔发扬出去。

民族的就是世界的,我深信不疑。

华胥寻根

我是谁?我从何而来?这句话写在这里,看起来似乎有些可笑,在来华胥镇前,我也从来没有在意过这句话。今天,当踏进这个古老的村落时,这句话却如此鲜明地印刻在我的脑海,挥之不去。

这是一个初冬晴朗的日子,我来到蓝田县华胥镇,开始了神圣的寻根之旅。华胥镇位于蓝田西川,北依骊山,南临灞河,与白鹿原隔水相望。华胥镇是古华胥国所在,是伏羲、女娲母族华胥氏的居住地。华胥氏和子女伏羲、女娲及其后裔,共同创造了灿烂的华胥文化。

在华胥镇一个叫孟岩的村庄,竖立着一块碑石,上面刻着"华胥陵"3字,这就是华胥陵遗址。华胥陵是中华民族的母亲陵,华胥文化是中华民族文化的源头。

一位老人告诉我,原来这里有一个陵冢,逢年过节时,附近的百姓还自发地前来祭祀。后来，村里的居民在土丘上建了房屋，现在已经没有了墓冢，只剩下一块墓碑孤零零地矗立在那里。我怅然若失，围着华胥陵转圈，想象着上古时期我们始祖的模样，想象着那个母系氏族部落的繁荣和浪漫的生活。

在距今8000多年前，这里曾经生活着一个叫华胥氏的繁荣母系氏族部落，后人称之为华胥古国。传说中的华胥国是个和天堂一样美好的地方，就像西方的伊甸园、印欧的雅利安。

这个部落的女首领被称为华胥氏，是我国母系氏族社会中杰出的部落女首领。她年轻有为，率族人逐水草而居，过着游牧生活。后来，部落不断发展壮大，华胥氏为了生存，带领部族民众不断游徙，足迹遍及黄河流域。

现在，华胥镇的不少村落仍然在一定程度上保留着古华胥氏部落的印痕。今华胥镇红河下游有娲氏村，而红河在史书上被称为女娲沟。白鹿原上李华村的原名就是女娲村。在孟岩村附近有一个叫拾旗寨的村子，村中人大多相信自己是古时祭祀仪仗队成员的后代。

关于华胥国一派和谐繁荣的景象，则出于黄帝的一次梦游。传说黄帝在平定了其他部族之后，开始着手建立一个美好的国家，但是怎样才能实现这一宏愿，他心中没底。于是追根溯源找范本，借鉴治国良方。在人们的传说中，得知很久很久以前有一个华胥国，在华胥氏的带领下安居乐业，过着神仙般的日子。黄帝心生向往，日思夜想，在梦里竟穿越到了已经消亡的古华胥国。实际上，这个华胥国，正是他的曾祖母华胥氏所建。

轩辕庙遗址就是传说中黄帝梦游古华胥的纪念地，黄帝游华胥国时拴马的柏树，在经过了数代的繁衍后，还旺盛地生长在今华胥镇轩辕小学的院内。华胥沟所在的宋家村，至今还保留着一通记载三皇功绩的古石碑，已断为两截。碑的上方正中，勒有“古华胥”3个阴刻大字，左边有“伏羲肇娠”，右边有“黄帝梦游”字样。石碑刻于哪朝哪代，众多专家进行了考证，也没有得出结论。

寻访华胥镇，唯一可见的遗迹就是这块残破的石碑，它为古华胥国存在于今华胥镇提供了确凿的证据。

漫步在古老村落的小路上，飘落的黄叶铺满一地。古旧的房屋，堆砌的瓦砾，偶尔掠过的飞鸟，这一切令人恍如隔世。路边走过一个老翁，恍惚间，以为来到了那个原始美丽的国度，我的眼前，似乎出现了远古时期那个繁荣的母系氏族部落。

悠悠古国，浩浩神州，人类之源远矣。相传华胥氏外出，在雷泽湖边无意中看到一个巨大的脚印，她好奇地用脚踩了一下，感应受孕，怀胎12年后，生下伏羲。《春秋世谱》中说：“华胥生男名伏羲，生女名女娲。”《山海经·内东经·郭注》中说：“华胥履大迹雷泽而生伏羲。”

雷泽中的大人是雷神，雷神就是龙神，雷之声是龙的发音，和雷相伴的闪电是龙的形状。因此，伏羲便是龙神的儿子，女娲便是龙神的女儿。龙的儿女自然要生得“龙身人面”，像汉代画像石画的那样了。这是“龙的传人”一说的最早源头。

传说华胥氏怀孕后，带亲从去巡察故地族民生活、生产状况，先渡过渭水、泾水到达华亭（今甘肃庆阳市华池县），又到达成纪。由于劳累和临近产期，不能返回华胥渚，便在成纪生了伏羲。再后来华胥怀孕又生女娲，伏羲、女娲氏族东迁，华胥年迈，遂安居于华胥镇，去世后葬于华胥镇。

“有文字记载的历史，从华胥氏开始。她是伏羲、女娲的母亲，炎帝和黄帝的远祖，她是中华民族的始祖母。华胥氏生伏羲、女娲，伏羲、女娲生少典，少典生炎黄二帝。”正是由于华胥氏生养了伏羲、女娲，二人后结成夫妻，才繁衍出了中华民族。

“古老的东方有一条龙／它的名字就叫中国／古老的东方有一群人／他们全都是龙的传人”，华胥氏是华夏之根，民族之母，华胥陵是全球华人的祖根。从华胥到华夏，从华夏到中华，形成了一脉相承的中华民族文化。

西方有救世主耶和华的诺亚方舟，“诺亚方舟”是出自圣经《创世纪》中一个引人入胜的传说。

由于偷吃禁果，亚当、夏娃被逐出伊甸园。此后，人类揭开了互相残杀的序幕，人世间充满着强暴、仇恨和嫉妒，只有诺亚是个义人。上帝看到人类的种种罪恶，愤怒万分，决定用洪水毁灭这个已经败坏的世界，只给诺亚留下有限的生灵。上帝要求诺亚建造方舟，并把方舟的规格和造法传授给诺亚。此后，诺亚一边赶造方舟，一边劝告世人悔改其行为。诺亚花了整整120年时间终于造成了一只庞大的方舟，并听从上帝的话让全家八口人进入方舟，各种飞禽走兽也一对对赶来，有条不紊地进入方舟。7天后，暴雨自天而降，一连下了40个昼夜，人群和动植物全部遭到了灭顶之灾。

40天后，雨止风停。诺亚方舟停靠在亚拉腊山边。又过了几十天，诺亚打开方舟的窗户，放出一只乌鸦去探听消息，但乌鸦一去不回。诺亚又把一只鸽子放出去，要它去看看地上的水退了没有。黄昏时分，鸽子飞回来了，嘴里衔着橄榄叶，很明显是从树上啄下来的。诺亚由此判断，地上的水已经消退。后世的人们就用鸽子和橄榄枝来象征和平。

在东方，也有一个类似的传说。传说华胥氏族的成员在一次大水灾中，遭受了灭顶之灾，只有伏羲、女娲两兄妹因为坐在葫芦里，漂到了蓝田、临潼交界的一座山上，才幸免于难。当他们看到这个世界就剩下他们两个人时，为了人类延续就结为夫妻。

在结婚前，他们对天发誓说："若苍天允许我们兄妹结为夫妻繁衍人类，四山之烟聚而滚磨合。"发完誓，他们两个人把磨石推下沟去。这时，只见四山之烟果然聚合，再看磨扇也紧紧地合在一起，于是两人结为夫妻。后人为了纪念伏羲、女娲结合繁衍人类的功劳，就把他们所在的山叫磨合山，滚磨盘的沟叫磨盘沟，并在磨合山上修建了人种庙。后来，因人种庙名字不雅，改称"仁宗庙"，亦称"人祖庙"。

雷庄、华胥沟、华胥窑、华胥河、毓仙桥、毓圣桥、华胥陵、女娲谷、娲氏村、女娲陵、炼石台、仁宗庙、老母殿、五龙宫、磨针观、画卦台……这一个个名字，无不印证着这个古老镇子源远流长的历史。望着华胥陵，我感到冷清和寂寥，女娲圣像屹立在广场的右侧。人身龙尾的女娲，身姿婀娜，双手举巨石，昂首向天。巨石与女娲的身体浑然一体，气势恢宏。夕阳透过浓厚的云层放射出的光芒投射在华胥陵和女娲石像上，使之更显凝重。时光穿梭，日月轮回，此刻，我确确实实站在了这块神秘的土地上。这块土地上的人们是幸福和幸运的，他们吸收着日月的精华，聆听着始祖的呼吸，安享着这块土地带来的幸福和安康。

树有根，则能存活并茂盛；人有根，则心有所属；民族有根，则国运昌隆。华胥陵凝聚着全球华人的民族情感。我们伟大的中华民族，就是在这个古老的村镇繁衍生息，发展壮大，最终创造了灿烂的中华文明，屹立在世界东方。

印象雄安

- 荷香入梦
- 窗外槐花开
- 小城春意浓
- 观山
- 木屋听雨
- 长城断想
- 寻梦王家寨
- 渡口
- 情系拒马河
- 东小里
- 丰碑
- 莲心岛
- 千里相聚在雄安

荷香入梦

对白洋淀的喜爱，最早源于作家孙犁的小说《白洋淀纪事》。好多年了，今年终于有机会仔细了解白洋淀。

其实这已经是第五次来到雄安新区。第一次是2016年，雄安新区还没有设立。那次只是匆匆一瞥，对孙犁笔下白洋淀的人和事都没有切身的感悟和体会。这次不算短的停留，可以圆了这个梦。

白洋淀是河北省最大的湖泊，位于河北省雄安新区安新县境内。白洋淀有大、小两个范围，小白洋淀是周围淀泊里最大的，大白洋淀是以狭义白洋淀为主体的、周围淀泊的总称。

每到一个地方，我总喜欢寻找不同寻常的景，到白洋淀也不例外。白洋淀的千里堤是很有名的，自梁斌的《红旗谱》问世以来就家喻户晓，只是我第一次见。从北六村拐进去，就可以来到大堤上，宽阔的堤坝两旁，高大挺拔的白杨树已经有了微微绿意。我喜欢这里的白杨树如同喜欢这里直爽真诚的人。比起景区内的风景，这里更有一种特殊的美，如小家碧玉一样，吸引着人想去近距离接触，感受那种清雅别致。

一只小船从淀里撑出来，顺着苇荡悠悠而去。经不住诱惑，我也坐上一位老大爷的小渔船顺着水路朝淀子的深处荡去。4月的白洋淀依然有着微微的寒意，芦苇还是枯黄的，随着乍暖还寒的风儿轻摇。我坐在船头，老大爷娓娓地诉说在耳边回响，竹篙划水的声音在周身围绕，偶尔有不知名的飞鸟掠过水面。遇到转弯处，老大爷一撑篙，小船滴溜溜一转，就巧妙地绕了过去。天是蓝的，映衬在水里，于是水也变得湛蓝起来。

“前面不远的小岛上还有人家呢。那种茅舍，陕西的闺女，你没见过吧？”老大爷撑着竹篙笑着说。

我努力往远处看，满目苍茫，却看不见他说的茅屋。我再看他，只见他微闭双目，怡然自得，陶醉在一种美妙的境界里。这是一种情怀，家乡装在他的心里，不看就已知晓。

一种柔情在心中荡漾。想起《诗经·秦风》里“蒹葭苍苍，白露为霜。所谓伊人，在水一方”的诗句。我在水中央，友人却在遥远的秦地，千里相隔，相见不易。好在，祖国无处不故乡，心中存爱，到处暖意融融。

小船在苇荡里钻来钻去，两边偶尔有莲蓬出现，待俯身去捞，小船早已轻盈划过。正遗憾，一颗莲蓬极尽悠闲地卧在水中，我轻轻拾起，托于掌心。六颗圆溜溜的莲蓬子如豌豆般大，坚硬，圆滑，颇有分量。

中国人对莲蓬的喜爱自古已有，观音的宝座就是荷花的花心——一只硕大的莲蓬。《子夜夏歌》有“乘月采芙蓉，夜夜得莲子”的句子，“芙蓉”一词指的便是莲蓬。莲蓬里多含莲子，古人寓意为“多子多孙，子孙满堂”，寄托着美好的祝愿。诗人辛弃疾也曾以“最喜小儿无赖，村头卧剥莲蓬”来表现童年的快乐与顽皮。

此刻春风在耳，萧条与灿烂同在，清爽与淡雅共存。白云飘动分散成丝缕状，若有若无，还聚还散……这里水域宽阔，那些常来的水鸟有着挂念，即将飞来。看天看地看自己，看远处天空大雁归来，看苇絮在枝头轻摇，看倒影在水中轻盈。这一切，如同在荒野中看一场黑白片，遥远的回忆瞬间回放，转眼又在竹篙拨水的声音里飘走。远近的镜头变换着从前和现在的时光，伴随着春风化作香气不断弥漫。

这是一块神奇的土地。红色记忆不仅没有消退，反而愈来愈散发着迷人的光彩。从芦苇荡中穿梭了一回，自己似乎也感染了那股英雄之气，恍惚间成了孙犁笔下的大菱或二菱，不禁为自己的名字而骄傲起来。

告别老大爷，在长廊上行走，虽然没有小船的险象环生，但也有一丝脚踏白洋淀的真实感。整座长廊由一台、一阁、两亭和三个拱桥组成，之间再由蜿蜒曲折的栈道相连。每座亭台楼阁都题有反映白洋淀地域文化的楹联，自然与文化和谐。“两行烟雨春犹浅，万顷冰湖雪未消”，虽然没有雪，但乾隆皇帝的这两句诗却高度概括了初春时节的白洋淀。

白洋淀的荷花为华北之最，令世人青睐。“白洋五日看回花，馥馥莲芳入梦来”，这是明代诗人鹿善继在白洋淀赏莲时留下的句子，此刻品起来十分有味。白天看荷，意犹未尽，荷香入梦，堪为雅趣。

春天已经到来，又一个春的故事唱响。赏莲的日子也不远，想做回莲花，只是不知能入谁的梦里？

窗外槐花开

窗外的那树槐花，还是偶尔看到的，已开了好多天。清晨打开窗户，我总会望一眼它，看着它如珍珠般在枝头随风摇曳，便有一种思念从心中升起。

从没有一个时候，我如此喜爱槐花。家乡早就开始吃槐花麦饭了，说不定此时槐花已经凋谢，而我窗外的槐花却刚刚开。

我喜欢这样的情调，常春藤爬满整个屋顶，槐花和梧桐花美到窒息。而我坐在摇椅上，怀抱一本书静静地看。风拂过槐树发出的声音，中间隔着一千个日夜，隔着喧哗的肉体、欲望，隔着漫长的灰尘和永不回头的流水。

槐树静默与荒凉的美带给我无边的想象与撕心裂肺的愉悦。于是，我总喜欢在每一个日出和日落，依着窗子在夕阳的映照下品槐花。我喜欢夕阳映照下的槐花被镀成金黄色的感觉；喜欢在槐树下近距离地轻嗅芳香；喜欢看着那一树乳白色淹没在黄昏的静默里。这让我的心平白增添一丝淡淡的愁绪。

从美丽的古都长安到杨柳絮飘飞的雄安，愈近5月，我便愈加想念故乡的一切。“槐林五月漾琼花，郁郁芬芳醉万家。春水碧波飘落处，浮香一路到天涯。”多美的诗啊！总也忘不了槐花飘香的季节，母亲找根竹竿，劈开竹竿的顶部，再绑上一个树枝，抬头找到槐花开得茂盛的地方，向上用力一拧，一个个开满槐花的树杈就掉到了地上。我小心地摘下来，翻开花瓣，看那嫩嫩的还顶着花粉的花蕊，闻着馨香，心都醉了。

好多次，我都想去窗外的那棵槐树下，从容而淡雅地伫立在草地上，看点点白花在绿叶间绽放，看那花儿开得不热烈，也不慵懒，看它不急不慢地向我温情地微笑，我闻香而醉，依香而动。想来那南柯一梦的淳于棼，当初在槐花树下做梦时，大概也是因了槐花的香气而梦中过了半生的吧？

风透过窗纱，吹动窗棂上悬挂着的小风铃，碰撞所发出的声音是那样清脆，我的心也在轻微颤抖。此刻是清晨，我又探身望向窗外，阳光柔和地笼罩着那一树槐花。也许就在一夜间，也许就在一阵细雨后，也许就在你无意的注视间，它就开了，和着云朵开出耀眼的花，灿烂而壮丽。美总是这样让人期待，如同光阴回转中不小心溜走的青春年华。

“愿为西南风，长逝入君怀”，曹植在他的诗中这样写道。这句诗用在这里似乎不合适，只是不知为何脑海中总是冒出这两句诗。这些缠绕在枝丫上的小白花，依旧坚持着眺望和等待，依旧用穿透一切的光辉来面对现实和未来，如倚门而立的女子，在满腔相思里任岁月逝去。

此刻已是凌晨3点。在一片星星点点的黑暗中，我合上了蒙眬的睡眼，平静地、毫无声响地，追忆花香飘逸的年华。这些槐花，总会让人情不自禁地想起家乡的点点滴滴，想起小巷里，因为槐花的绽放，空气里到处都弥漫着沁人心脾的清香。那种清香时常会到梦中，让梦中的景象都有一种令人久久回味的香甜。

一场花事，一种情怀，一份思念。自从离开悠悠的洛水和散发着泥土气息的小乡村，再也没有见过槐花盛开的灿烂。好在，在雄安，我的窗外，正好有一棵槐树，在春意渐消的时光里，为我展开一世美丽的笑颜，温暖我独在异乡的心。

这篇文章本应早已完成，因事耽误至今。又一个夕阳西下时，才蓦然发现，那槐花已是凋谢的时候。

只是，我这思乡之情，又该寄往何处呢？

小城春意浓

在雄安新区，见得最多的就是容城县地标性建筑——容和塔。塔形似氽，像织布的梭子。容和塔集古典美与现代美于一身，矗立在那里，喻义容城的包容与和谐。

容城之名始见于汉代。据《容城县志》记载，汉景帝中元三年(前147)，以匈奴降王徐卢封容城侯，是为容城侯国。据《容城县志》记载："汉封降王有容氏于此，置容城县。"容城一名的由来，自"有容氏"与"成侯国"各取一字衍变而来，后来"成"渐变为"城"。又据传说：道家始祖名叫容成子，道号易家，他曾脚踏龟背，观日月星象，受龟纹启示，绘成阴阳道纹。西周丞相姜子牙在此基础上绘成八卦。文王演《易》后，感容成子之功，追封容成子后代，封号称"易家"。封地之内，不纳赋税，不服徭役。后秦始皇"焚书坑儒"，此地渐渐荒芜。后代感念始祖恩德，便将此地改叫容成子，后衍变为容城。

这段文字在我的小说《长河悲歌》的引子里有过交代，出自《容城县志》。

一种莫名的情感，让我对这里总是深情满怀。闲来无事，我喜欢漫步在大街小巷，体味当地风土人情。容城县城不大，开着车十几分钟就会全部走完，而且红绿灯极少。马路不是很宽阔，但车辆不多，司机也遵守交通规则，并且很和善。我是个自由惯了的人，总喜欢在马路上漫步，遇到过往车辆，看到我裙袂飘飞、旁若无人行走的样子，司机总会停下车报以微笑。蒲州的马路是宽阔的，人行道和这里的马路差不多宽。我走路散漫惯了，也把这里的马路当成人行道，实在有些任性。

我的方向感很差，至今都分不清小城的东南西北，每次都要努力看太阳才能辨清方向。那次骑着小黄车出游，衣裙在飘飞，惬意无比。转了几个圈，却找不到来时的路，兜兜转转，一下午的时光悄然流逝。这样的囧事已经发生过好多次。不过又何妨?我自有自己的方向，在心的指引下，我总会找到来时的路。

小城是悠然自得的，小城的人也是一种慢生活状态，晚上6点就开始关店门，几乎没有夜生活。这倒与云南大理有些相像，不过那里的人们店门关得早，早上也是睡到自然醒。我喜欢大理的安静休闲，也喜欢这里的安宁祥和。春雨潇潇时，几树杨柳依依，静默在小城的朦胧里。不由想起武则天的曾侄孙、唐代诗人武元衡的那首诗“杨柳阴阴细雨晴，残花落尽见流莺。春风一夜吹乡梦，又逐春风到洛城”。这里是容城，春风已吹遍大地，我也追逐着春的脚步来到这里。

小城的春天温馨，在我几近彷徨无奈时为我营造了远方，让远方有美丽的景致，有温馨的情怀，有暖暖的感动。在这里，我梦想拥有爬满青藤的小丘,有能储存月光的涓涓细流,溪边有一个朝暮能升起袅袅炊烟的篱笆小院,我会挽着你的胳膊,你把手揣进裤兜,我们一起走到小路的尽头。在这里,我还会沐浴着一个民族的高尚,倾听着漂流在芦苇荡之间的歌谣。所有的欢乐和艰辛都能在这里找到归宿。

此刻,小城春意正浓。

观山

孔子说："智者乐水，仁者乐山。"我虽不是智者，但有一颗仁爱之心，骨子里喜欢山、喜欢水，喜欢山水相融的柔美和和谐。

因此，我来到白石山，为观山，为寻石，为看天，为诉云。

如果说白洋淀的水是温柔的女子，那么涞源的白石山就是伟岸俊朗的男子，他们相互依偎，在对望中感觉着彼此相通的心意。同样是山，白石山和秦岭却不同。秦岭的山满是苍翠欲滴的绿，那种呼之欲出的生命色彩令人敬畏，而白石山不光有绿，还有隐藏在绿色中的洁白，那种洁白来自大理石，这也是白石山一名的由来。

白石山位于河北省涞源县城南15千米处，雄踞在八百里太行山最北端。它处在华北平原到山西高原、内蒙古高原的过渡地带，是清西陵龙脉的龙首。清西陵背靠永宁山，而永宁山一直从紫荆关到白石山最高峰。

苏轼任定州太守时曾作《咏雪浪石》,开头四句便描述了太行山的气势:“太行西来万马屯,势与岱岳争雄尊。飞狐上党天下脊,半掩落日先黄昏。”巍巍太行山,北起拒马河谷,南达黄河之滨,曾经使我产生了无尽的联想和向往,它是凝聚在我心中千古难泯的梦,它是造物主的杰作。

在山中行走,能感受到山峦记载着亿万年的沧海桑田;侧耳细听,能听见风语低吟,这里的苍翠峰峦如一方碧色的砚,研了满满的墨,挥毫而成一幅水墨画,一色深青浅碧。于是,我的心莫名就轻了,轻得可以飞起来。

我借着飞翔的心,极目远眺。寒松苍翠,竞相争高;重峦叠嶂,直指云天。那些苍茂的红桦树将山隐藏起来,只有阳光偷偷地从隙缝中露出头,照亮这一山微红,欣赏这珍藏的美丽。

山上多云雾,但并不是天天都有,如果运气好,可以看到石山峰云组合。山峦之中生出烟云,成团成片,接着迅速弥漫,如万床棉絮,将谷壑填平,巨岩似浮岛,奇峰若仙山。站在雄伟的白石山上眺望着自己脚下的风景,令人豪情万丈,激情飞扬。

历代文人骚客都喜欢在山水间流连,用手中的笔、心中的爱谱一曲咏叹调。曹操深有感触地在《苦寒行》中写道:“北上太行山,艰哉何巍巍。羊肠坂诘屈,车轮为之摧。树木何萧瑟,北风声正悲!熊罴对我蹲,虎豹夹路啼。溪谷少人民,雪落何霏霏!延颈长叹息,远行多所怀。我心何怫郁?思欲一东归。水深桥梁绝,中路正徘徊。迷惑失故路,薄暮无宿栖。行行日已远,人马同时饥。担囊行取薪,斧冰持作糜。悲彼东山诗,悠悠使我哀。”对于一位心怀天下的政治家来说,他心中装着的不是赏花观草、看景赏物的闲情,而是铁马冰河、远征天下的勃勃雄心。

在涞源，在白石山，不管是山的西面还是东面，不管是山边还是山中，都蕴含着古老的中华文化，都蕴含着独具特色的人文风景。白石山以豪迈的气势屹立在华北这块神奇的土地上，见证着兴盛荣枯，见证着中华民族顽强拼搏、开拓进取、不惧艰险、奋发向上的精神风貌。

由此想到这里的人民，他们也有着山的坚韧和不屈。“群峰壁立太行头，天险黄河一望收。两岸烽烟红似火，此行当可慰同仇。”当年那烽烟四起、战火纷飞的岁月离我们越来越远，但在曾经的红旗飘飞处、血染江河中，更透着风景这边独好的温馨和美丽。

水是一样的，山似乎也如此。但如果不用心体味，就不会发现蕴含在白石山的风骨，那种风骨是它独有的，须静下心去品，去咀嚼，去消化。此刻的我行走在白石山中，内心因它野性的雄壮和奇美而深深陶醉。《诗经·小雅·车舝》说：“高山仰止，景行行止。”我喜欢原始的野性，喜欢野性中透出的苍茫和悠远，就如我喜欢那些令我仰望的人，他们如高山般，总是在眉梢眼底流露出令人心动的震慑力。

我想，白石山的风骨就蕴含在风中，沁润在细雨蒙蒙中，铭刻在千万年来屹立不倒的精神和信仰中。

木屋听雨

从前不懂聆听，因为不曾经历。如今喜欢聆听，因为已经懂得。

——题记

在白石山最难忘的，是飘洒在山间角落的细雨。朦朦胧胧的水雾中，那间暖色的小木屋笼罩在一片云雾中，如空中楼阁令人欣喜。

那日活动结束，细雨如丝，我被安排在小木屋休息。顺着蜿蜒的山路向前，走到三号屋门口，便到了我的“家”。站在门口，不由想到罗兰·英格斯·怀德笔下的小木屋。想必，小木屋中读书，听山风拂过屋檐下的小铃铛，这种浪漫在她笔下的小木屋中是没有的吧？轻轻闭上双眸，深吸一口气，任清风拂过脸颊，空气中飘散着淡淡的薄荷香味。小木屋坐落在蜿蜒的山间小路上，掩映在鸟语花香的山林间，小巧精致，一见便爱上了它。

这的确是一个家。

小木屋是四方的,中间空出一块地方,有一个圆桌,三个古朴的椅子围桌而放。从右边的窗框望去,青山绿树掩映着下一个小木屋,大片的绿色倾泻而下,如一首婉约的宋词,让人在圆荷滴露的想象中,斟满一壶闲茶,然后,斜倚东风十二阑,独自品味太行的烟雨蒙蒙,谱就一段平平仄仄的韵律。

屋内听雨是另一番情趣。我脱掉鞋子,赤脚在屋内走着。我喜欢这样的地方,喜欢这样的屋子,喜欢在这样的屋子里听夏雨淅沥,如同喜欢骤雨初歇的夏日,一个人静静地端坐在清凉的柳荫里读书。

在这海拔1800多米的山上,我簇拥着翠海绿波,梦里都是绿意融融。隔窗听雨,雨声飘落,落在屋檐,落在窗台,落满眼眸,落进清冷的床沿。声声作伴,像女子的纤指弄琴。午夜梦回时,雨还在下。我赤脚打开露台的门,一股清新的气息扑面而来。望着朦胧的群山,伸手接着飘落的细雨,一股凉意沁透掌心。想起唐朝诗人王建《听雨》一诗:"半夜思家睡里愁,雨声落落屋檐头。照泥星出依前黑,淹烂庭花不肯休。"我忽然释怀,思念家乡的愁绪早已随着微风细雨飘散进白石山的深处。

不知从何时起,我开始喜欢上了雨。喜欢听雨水溅落在屋顶的声音,那种声音会突然让人觉得自己丢掉了什么,空空的。心里落满了不曾销迹的愁绪,我侧耳倾听,有剧烈的风滑过,它梳理着葱郁的林木,从山坡跌落,流淌在谷底中叹息。在雨声中,恍若看到一位多情又多姿的女子,轻移莲步。这不是我,然而我又多想是自己,我可以在尚云间,带着孤独和这雨一样我行我素。

白石山的夜不是漆黑的,即使是在这样一个落雨的晚上。从木屋的露台上望出去,总有一抹绿意跳跃。我的思绪跨越万年的伤逝，随着这摄人心魄的生命之光流淌。

“一尺深红胜曲尘，天生旧物不如新。合欢桃核终堪恨，里许元来别有人。井底点灯深烛伊，共郎长行莫围棋。玲珑骰子安红豆，入骨相思知不知。”想来，唐代的温庭筠也是一个多情的人，一定经历了刻骨的离别才有如此感慨。我曾有一首《夜宿白石山》这样写道：“白石山高云依峦，白洋淀阔风追帆。山情水意遥期许，默曲丝连两相欢。”从来相思都是等同，只是今人更多了一份豪情在内。

对旧的事物，我时常缅怀且眷恋。当不小心触碰到旧时光的字眼时，一颗柔软的心，更是经不起记忆的打捞。时光里的深情，在一草一木里滋生，于待放的花蕾里暗香浮动……尤其，在这个浪漫的小木屋里，在沙沙的雨声中，在碧绿的林海前，在这尚云间……

人生无涯，有春雨般的柔和细腻，夏雨般的清凉通透，秋雨般的清新爽朗，冬雨般的惨淡苦涩。在曲折的人生中，有雨一般的神韵，人生才有依恋；有雨一般的幽深，人生才有魅力；有雨一般的透彻，人生才有价值。只有认识白石山的雨，才能认识人生；只有理解白石山的雨，才能理解人生。

李冠《蝶恋花》中说：“一寸相思千万绪，人间没个安排处。”如此，那就来白石山吧。如果你是一个浪漫的人，必定会邂逅一场雨，不大，恰好湿润心田，也恰好，落在那座美丽的小木屋上……

长城断想

“都说长城两边是故乡，你知道长城有多长，它一头挑起大漠边关的冷月，它一头连着华夏儿女的心房……”这首《长城长》，多年前就喜欢听。还是在孩提时，图片上长城那巨龙般的雄姿，曾给我的童年抹上了许多神奇瑰丽的色彩。

那时候，我极想知道祖国究竟是什么样子，父亲总是对我说：“去长城吧，站在长城上你就会知道。”虽然是懵懂的童年，但父亲的话却从此唤起了我对于民族、对于祖国山河一种庄严神圣的情感。于是，登长城便成为我心中挥之不去的梦想。

我天生不喜欢约束，喜欢在田野落日和微风中行走，喜欢漫步原始古老的村寨，喜欢一切自然纯朴的东西。因此，第一次登上这段位于涞源县的长城时，心中的欢喜便无法言说。我看到了它的雄伟、原始和沧桑，感受到了它的厚重，从心底产生了无比豪迈的激情。

涞源境内的明代长城为内边长城，海拔并不高，平均500米左右。长城从县域东北的苦壮石入境，自西南狼牙口出境，在涞源境内的峰峦峡谷间上下腾越，蜿蜒穿行，总长度达116千米。白石山长城西边的插箭岭和东边白石口关，是长城上的两个重要关城，称得上是“万历原貌，威武雄关”。这里有两座敌楼修筑在城墙之外，有句话说，“白石山长城有一怪，敌楼修在城墙外”。无论从哪个方向进入涞源，都能够看见长城的雄姿。可以想象，400多年前，长城刚修好时的景象是多么壮观。清代革命党人屈大均在《咏广昌》中这样描述涞源长城：“长城带天来，古戍接云中。马踏三月雪，鹰呼万里风。”

我登上的这段长城，属于白石山长城游览区，位于白石山西北麓，鲜为人知，保持着长城的原始面貌。那残破的城墙以它的沧桑和雄壮吸引了无数摄影者和驴友。初登长城的喜悦冲淡了炎热，我背着相机爬上长城。当双脚真正落在魂牵梦绕的长城上时，竟有一种想流泪的冲动。千疮百孔的长城就在我的脚下，绿色的浪潮一直从眼底流淌到远方。我抚摸着墙砖，像是握着一位沧桑老人的手，听他讲述古老的过去。

沿着长城行走，坍塌的石头就落在旁边，我想，是不是把旁边的石头放上去，长城就会恢复原貌呢？敌楼上橹楼的瓦顶虽然塌落，但腐朽的檩、椽还在瓦的下面。那些盘桓在高山峻岭戈壁荒滩之间无人管理的残垣断壁，尽管野草经年不断，朝迎初露，晚送霞归，依然延续着长城坚韧的生命力。

盛夏的萋萋芳草把山岩、墙基、城砖统统映成绿色。这绿色到处浸润扩展，大有吞并寰宇之势。“城倚青山为险障，山藉峰堠添豪壮”，长城之美离不开巍峨峻峭的大山，而能与气势磅礴、雄浑苍劲的大山比肩,相拥相伴的唯有这宏伟的长城。

人生一世,无非是在读两本书,一本是“自然”,一本是“历史”。站在盛夏的长城上举目四望,逦迤的长城沐浴在夏日的阳光里,犹如一条巨龙飞舞在群山之间,气势磅礴,雄伟壮丽,又如一部矗立于大自然的历史教科书那样厚重,令人一往情深。

我屏住气息,望着近处的白云、青山,远方的荒漠、田园,浮想联翩,久久不能释怀。我抚摸着斑驳的砖瓦,静静地把脸贴近,想听它庞大心脏的跳动声和宽广血脉的流动声。“去长城吧,站在长城上你就会知道。”耳边又响起父亲说的那句话。我的泪静静流淌和滚烫的城墙砖瓦融为一体。

我寻觅着古老战场的遗迹,眼前展现出一幅幅悲壮的历史画面。我想起了镇守边关的戚继光,想起了同清兵在山海关决一死战的李自成,想起了陆游悲壮的诗句:“秋到边城角声哀,烽火照高台。悲歌击筑,凭高酹酒,此兴悠哉!”

“都说长城内外百花香,你知道几经风雪霜,凝聚了千万英雄志士的血肉,博出万里山河一轮红太阳。”昔日的金戈铁马、刀光剑影已然远去,岁月的年轮还在继续。长城依旧巍然屹立,它蕴含的意义与长城雄伟博大的景观所激发的豪情壮志完美和谐地融为一体,成为中华民族精神的象征,它伴着华夏儿女的激情和力量,永远屹立在世界的东方!

寻梦王家寨

一起老去的日子里，因为你的存在而泛着七彩的光。

——题记

这个世界上，总有一些看似不起眼的东西会突然俘获我的心，也许是远去的苗寨，也许是深藏在尧山深处的一抹红。而将我的心重新灌入热情的，是那个叫王家寨的地方。

有人说，爱上一座城有时是因为一个人或是一个故事，而我爱上王家寨却因为它的闲适、恬淡、水墨风情。

我终于找到了一个真正意义上的水村——王家寨，这个东方的威尼斯。

威尼斯是意大利东北部著名的旅游城市，被称作"亚得里亚海明珠"，十字军东征时也曾在这里集结，堪称世界最浪漫的城市之一。威尼斯的风情总离不开水，蜿蜒的水巷，流动的清波，宛若脉脉含情的少女，眼底倾泻着温柔。即使你没有去过威尼斯，但只要你来过王家寨，就一定会想象得出来，威尼斯其实是中国农村的王家寨，而王家寨是城市化的威尼斯。

这一年，花开半夏，诗意旖旎，一种别样的情致弥漫心海。细数光阴，我又完成了生命里的一次约会。记得在一本书上看到过这样一句话：上海适合邂逅浪漫，杭州适合牵手结缘。我想，淀中翡翠——王家寨，则适合细细地探寻和体会我们生命与灵魂的原质。

王家寨的清晨是清新的。踏着朝霞，顺着望月岛走过去，一直走到水边，似乎可以看见这古老水乡历经久远年代的故事。一处处水边的小门小户无不泛出古旧的气息，黑黑的门洞里，有满头银丝的老人。老人倚靠在斑驳的木头门廊下，嘴里有一下没一下地咀嚼着什么，牵扯起满脸的褶皱，垂暮迷离的眼神仿佛还沉浸在上个世纪的某一段情节里。连带着这幽幽小巷的静寂，也传达出历史的气息。

望月岛在现实和梦境中无言地停留，带着浓浓的现代气息，又透着古典的韵致。让人感觉繁华却不轻浮，居红尘而不世故。望月岛上的木桥是有记忆的，它静静地伫立在流水之上，等待着有缘人的到来，再抖落一地的故事……

王家寨是个适合恋爱的地方。如果你爱一个人，请带他去王家寨寻梦，那儿的水、草、老屋都有灵性，可以带给你不一样的感悟，让你在纷扰的红尘里找到一份纯真，从而放下执念，于一碗粥、一抹阳光、一个笑容里感受幸福的味道。

我喜欢在船中看那些傍水而建的老屋，在淀水上看细腻多姿的波光，像是个女子，灵动秀气。王家寨真正的美，是那种经年而累的韵味。粉墙上爬满葱翠的藤蔓，又突然从中闪现一扇木窗。粉墙斑驳，哪位伊人在屋内享受这黄昏美景呢？

水乡的桥是水乡的眼，从桥眼望过去，那幅图就叫王家寨。如果你去过王家寨，你就会明白，什么叫家园故乡，什么叫温馨甜美，什么叫宽厚仁慈。即使是今天，大量的游客走进了王家寨，打破了这里的宁静，王家寨人还是那样平静。老街上的百姓从来不会拉着游客推销一些劣质纪念品，连老街上看门的黄狗，都是呆呆地打着瞌睡；小猫卧在温暖的阳光里，眯着眼睛小憩。

如果我真的生在这水乡小镇的话，我终不会成为这古老历史的守护者，周围世界的繁华喧嚣会无时无刻地侵扰我那萌动不安的心。这每一处古老的门廊和日益光滑的青石板路圈固住我所有的渴望和欲求。这里只属于回忆，许多人在这里寻找已经快要陨灭的古老文明，在都市疲惫之后来这里寻找短暂的安闲和自由。自由最着迷之处就是能让人释放心中潜藏已久的欲望，能够开启全新的旅程。

"江南月，清夜满西楼。云落开时冰吐鉴，浪花深处玉沉钩。圆缺几时休。星汉迥，风露入新秋。丹桂不知摇落恨，素娥应信别离愁。天上共悠悠。"这淡淡的离愁啊，自古就有。如果可以，我真想拥一帘烟雨，卧在白渚之上，枕着被清风抚绿的杨柳岸，做我一生的水乡梦。在水乡的梦里，为一片云驻足，为一滴雨落泪，为一个人守候。用一份相思涤荡曾经聚散无常的梦。

古老的桥和村让我的脚步放慢，心变得安宁，却又有点不是滋味。审美与生活是永远的矛盾，这个美丽的四面环水的古老村寨，不知道是否能保留下来？但细想想，我们有什么权力让它们原地不动，供我们消费它们的古朴从容呢？

也许，我不是在游玩，我依然是在寻找，寻找骨子里一直向往的那个澄澈纯净的世界。

王家寨，因为你，我要感谢时光让我没有错过，在最美的季节遇见最好的你。

渡口

以前对大山没有概念，觉得山里人如峨眉山中的仙人一般住在山的最高处。对白洋淀的感觉也是如此，好奇他们是不是住在清水环绕、苇絮飘飞的深处，四周是不是渔船穿梭，飞鸟低翔。

于是想一探究竟。

同事小张是雄安人，他开车带我去一个叫端村的村子，但说不是我想象的那样，因为白洋淀的水位下降，村子其实离水已经很远。我颇有些遗憾。及至看到一个渡口，心情才变得欢悦起来。

《安新县志》记载，端村于明初形成，从湖北地区迁来的一支屯兵在白洋淀边屯田筑城，繁衍生息，形成了早期的村落。当时的白洋淀扼守大清河水路要道，航船东可直达今天的天津塘沽，西北方向可沿府河到达保定府。明政局稳定后，特别是在朱棣迁都北京后，大清河及其沿线水陆交通逐渐繁忙，这里遂成为大清河漕运的一个渡口，有来自山西、山东、河南的人口流入。明洪武年间，此地称“段村”。

清康熙皇帝在位61年，几乎每年夏天都要到白洋淀巡游、水围，并在段村建立水围行宫。乾隆皇帝也多次巡行段村行宫，并作诗慨叹：“万柳跋长堤，江乡景重题。谁知今赵北，大似向杭西。”因为段村“在水之端”，段村二字读起来绕口，乾隆皇帝遂下令改“段村”为“端村”。

知道了村名的来历，这个看似不起眼的小村庄在我心中增添了些许分量。

从水的这边望向对面，距离不远，水域宽广，但是却没有桥，连接两岸交通的是两艘铁船。两岸过往的汽车也要开到船上，然后再运往对岸，有时一艘船能装四五辆小汽车，卡车也装在上面。

“难道就没有一条可以通往这边的大路吗？”我问。

小张说：“没有，这是唯一的通道。如果没有紧急的事情要办，比如到县政府办一些必须的事，或者亲戚家有事必须来的。一般都不过来，因为对面距离任丘市不远，那边的人一般都去那里消费，很方便。”

“桥呢？为什么不修？”

“本来要修，不是新区规划嘛，在规划区之内，要整体搬迁，所以搁置了。”

我点头。汽车过往收费20元，行人每人5元。我们跳上船，准备到对岸去。

看着船工站在船头发动机器，船就平稳地滑行起来。这是我第四次坐船，一次是很小的时候，父亲带着我从洛河西岸的家乡去东岸的另一个县城，那时河水涨了，浑浊的河水奔涌着，当时我们乘坐的船是由几个船工从这边往那边拉的。他们一边拉着绳子，一边喊着号子，那是一种黄土地和洛河融合在一起的壮美。此刻，站在白洋淀的水边，站在船上，迎风而立，听蛙声阵阵，看芦苇轻曳，还有那船行驶过激起的微波。水是清的，芦苇是白的，我却是乐着的。烟柳画桥，风帘翠幕，人生多少风景，终不抵内心的自在和轻松。这种醇厚的滋味，其实就是六个字：安静、干净、知足。这种感觉独白洋淀有，独端村的渡口有。浮华与喧闹如尘埃般散尽，唯此六字，人生最得风流。

在我神思恍惚间，船已经到了对岸。我们跑下船，老船工喊："一会儿还回来啊？"在得到肯定的答复后，老船工又接上这边的路人摆渡到对岸。

小张对我说："抗日战争时期，端村渔民组织的'雁翎队'，利用白洋淀中迷宫般的芦苇荡，组织偷袭从天津沿大清河水路增兵冀中地区的日本兵船。日本侵略者制造了'端村惨案'，杀死了几百名端村村民，并放火烧毁了半个端村。《小兵张嘎》的部分场景就选在端村拍摄。我爷爷也参加了抗日战争，如今已经去世。我们村人至今提起日本人都咬牙切齿。"

以前端村的大部分村落在白洋淀北岸，邻着白洋淀的开阔水面。从淀中流出的西河、朱家河穿过村庄，村中有水、有桥，颇有江南风韵。端村东、西李庄两个自然村在白洋淀中，芦苇包围，绿树荫映，需要坐船才能到达。如今，白洋淀水位下降，大片陆地露了出来，人们在上面建房盖屋，端村码头不再有船来船往，失去了昔日的繁华。如今，这仅存的码头摆渡，又将在新区的建设中完成自己的使命，永远消失在历史的烟云中。

华夏大地上，每一个斑驳的印记都沉淀着一些故事，一些风俗，一些人物的记忆，甚至是一些古老睿智的生活哲理，总是让人回味、留恋、向往。沈从文在他的《湘行散记》里这样说："我就这样一面看水一面想你。我也在看水，我在想挽着我希望的白洋淀，如梦中的江南，撑一纸雨伞，捧一首易安小令，点一地浪漫飞花，在春光正好时回到久违的渡口，聆听我温婉的心语，幽幽的叹息，小小的柔情，还有我淡淡的心曲。"

情系拒马河

拒马河，《水经注》记："巨马河出代郡广昌县涞山。"涞源曾名广昌县隶代郡，涞山一山分七峰，又名"七山"。《广昌县志》中说："拒马河源，在县城南半里，出七山下。"拒马河古称涞水，约在汉时，改称"巨马"。晋代，著名军事将领刘琨率兵在拒马河畔守卫，以抗拒石勒的兵马，原"巨马河"因此改名"拒马河"。

拒马河曾出现在我的《长河悲歌》中，严嵩倒台后行到拒马河边，喝着冰凉的河水，吃着冷硬的馒头。当然情景全凭想象，但他从京城回老家，拒马河确实是必经之地。小说中已写，但还没有实地去过，因此心中很是期待。今日得空，应友人相约前去。

一路绿意融融，行进在花草绿野的乡间，心情格外舒畅。最喜欢雄安的白杨树，高大挺拔，如军人般英姿飒爽。尤其风拂过时，细微的哗哗声如夏季清幽的凉风。蓝天和绿茵相衬，那种清幽的感觉如同置身秦岭山中美丽的东梁山。那是第一次和驴友出游，记得当时还吟诵了陆游的一首诗："衣上征尘杂酒痕，远游无处不销魂。此身合是诗人未？细雨骑驴入剑门。"陆游是第一个骑着驴旅游的人，后人称其为驴友，此诗成为驴友们的骄傲。此刻虽然坐在车上，但一路有两三知己相伴，也是人生一大乐事。

这里是拒马河流经的定兴县杨村。今天阳光明媚，天蓝云白，拒马河风情万种。远望，一条古老的桥横跨河两岸，桥上偶有行人穿过。河流曲折蜿蜒，流水潺潺，岸边树影婆娑。漫长的历史长河中，拒马河带着甘洌穿山越岭，呼啸生风，滋润着它流经的土地、田园、村庄，催生、养育了飞禽走兽，秀美了山峰峻岭。它犹如一条绿色的飘带，流淌在北太行的崇山峻岭之间，孕育了这里独特的灵山秀水。清澈的水流里，人类的祖先依山而栖，依洞而存，依水而居，在这片古老而辽阔的土地上繁衍生息。

暖洋洋的拒马河的春天，蓝天白云交织在一起，是充实，是喜乐，是我指尖想轻轻触摸的温暖。桥横跨在水面，或优雅别致或玲珑精巧，已磨损的桥栏杆印着岁月的痕迹，与古老风韵融为一体。站在桥下的水边，任清凉的河水从指间流淌。蜿蜒曲折的小河与夕阳浅吟低唱，若能乘一叶扁舟撑一支蒿，穿行在青山绿水中，该是何等惬意的人生！漫步在河边，远离都市的尘嚣与浮躁，任阳光在肌肤上静然流淌，任诗意在心间轻舞飞扬。

多少年来，燕赵大地生生不息慷慨豪壮的遗风，孕育了一代又一代英雄豪杰。在民族救亡的伟大革命中，更是英雄辈出，如今都随着拒马河水悠悠而去。王勃在《滕王阁》中写道："闲云潭影日悠悠，物换星移几度秋。阁中帝子今何在，槛外长江空自流。"再想起自己书中描述的几百年前大奸臣严嵩曾在此饮拒马河水，不由感慨万千。这条静默的河流，不知见证了多少美好与丑陋，并用它特有的方式成就或惩罚着那些跌进历史漩涡的人们。不见了金戈铁马的豪放，也没有了“风萧萧兮易水寒”的悲壮，唯有这古老的拒马河见证着壮怀激烈的历史。

太阳西斜，收拾零零碎碎的心思，准备回程。回头再看一眼这条河，从没有想到，此生竟和千里之外的雄安有了交集，而且如此令我割舍不下。作家铁凝曾说过这样一段话：“这河不知到底绕过了多少山的阻拦，谢绝了多少山的挽留，只在一路欢唱向前。它唱得欢乐而坚韧，不达目的决不回头。”

我想，人生如此，我也不畏前行。

东小里

"古者十家为轨，十轨为里，不足五十家共居止也。吾村名之曰小里，岂其初不满五十家之数乎，若彼圭里耶里圣母里命名之由来可知也，自古然矣。村去县城十有五里，东望平皋，西临徐水，南枕古堤，北通萍河，地势侠奇，池塘环绕，四桥横坡，庙寺林立，古树遍村，二阁依目，晓日东升，饱尝早霞之秀，夕阳西下，共观彩虹之美。吾村之壮观又如是也。男无游手之夫，勤耕善读；机无偷闲之女，杼轴不辍庶，斯俗之久矣，永莫败焉。呜呼，后之人斯而振之。"这是1933年安老先生所书，老先生去世后，所写书法真迹已经丢失，于是他的后人把先生这篇文章用书法的形式呈现出来，成为东小里村由来最具说服力的证明，也是对80多年前的东小里村风土人情、村容村貌最真实的写照。

东小里村属于小里镇。小里镇位于县城西南部，面积35平方千米，距县城约7.6千米，1958年属南张公社，1961年创建小里公社,1984年改乡,1994年改镇,辖东小里、河北庄、西牛营、师庄、王村、胜利庄、许家园、西小里、新庄窠、黑龙口10个行政村。

一条街道把小里村一分为二,东为东小里,西为西小里,镇政府所在地设在西小里村。

初次踏上东小里村,立刻被它的广阔吸引。说它广阔,是因为村庄大,街道多,且小企业林立。在社会经济浪潮的冲击下,智慧的小里人做起了服装产业,走上了勤劳致富之路。一进村,就可看到路旁有很多制衣厂,目前为了响应新区建设的号召面临转型,但仍然可以看到昔日的辉煌。

故乡不远,乡愁却在记忆中。

80多年前的东小里村,寺庙林立,四面环水,鱼翔浅底,鸟飞低空。四座桥分别坐落在东南西北四个方向,勤劳质朴的小里人民从桥上走过,日出而作,日落而息,过着平淡而祥和的生活。

走进一个狭窄的小巷,里面却宽敞无比。朋友说这就是传说中的安氏大稍门,据说这里曾经住着安氏家族,后来族人相继成家立业,于是便有人家陆陆续续搬出大稍门,没搬走的人就在这里继续自己的生活。

我们走进其中一户安姓人家。墙上挂着安氏族谱,厅堂正中放着一张八仙桌。主人说桌子已经有600年的历史,因为桌面太陈旧,所以重新漆了一遍。我不免有些遗憾,从表面看,已经丝毫看不出年代的久远。

遇到五六十年前的一座老屋,朋友说是他小时候曾经住过的地方,那时候奶奶还在,在这里他度过了童年最美好的时光。如今物是人非,徒留这座老屋诉说着岁月的沧桑。

走出安氏大稍门,踏在坚实的土地上,不禁有些感慨。有一个可以归去的故乡，有一个可以寄托乡愁的处所，有一个值得期待和守望的时刻，实在是一件值得快乐和幸福的事情。想象着脚下的这条路，也许曾经是阡陌小径，是一条泥泞不堪的土路，不知有多少村里人带着梦中的希冀，告别亲人走出那个装满乡情的小村庄奔向自己的未来。

孙老师是东小里村学校的老校长，如今已经退休，对村庄有着特殊的情感，他带我们来到了一棵古树旁。许多年来，人们在树下乘凉、纺线、聊天，孩子们在树下嬉戏打闹。这棵古树开枝散叶100多年，见证着村庄的变迁。

背着相机在村中游走，不觉来到村中小学，正赶上孩子们上学，三三两两的学生背着书包往学校赶。许是村子大的缘故，孩子们骑自行车上学的不少，还有家长骑着电动三轮车送孩子上学。看着可爱的孩子们，一种回归童年的感觉油然而生。童年无论是贫穷还是富有，在日复一日的岁月里它都会成为生命中最诱人的记忆。

东小里村的豆腐远近闻名。听村中老人介绍，以前村中有一口井，井水一半苦一半甜，非常神奇，从这口井里打上来的水做成豆腐，松软可口，香味浓郁。如今井水早已干枯，原址上也早已有了别的建筑。我们慕名走访村中做豆腐的人家，此刻是下午，豆腐一般都是清晨做好卖完，主人也不在，因此没有看到做豆腐的场面，只是在豆腐坊参观了一番，带着遗憾离开了。不过，在遗憾中似乎闻到了豆腐的香味。

有遗憾就会回味，在回味中记忆就不会消失。无论多么久远的记忆，只要愿意回忆，总能捡起一些零零星星的碎片、缝缝补补凑成的画面，依然可以幸福、慰藉自己内心。记忆会在未来的时光里，随着那片故土上疯长出来的杂草一起荒芜成一片长满荆棘的旷野。

短短的时间不能完全了解一个村庄的过去和现在，但我想，对于东小里村的百姓来说，只要有记忆，我们就不能遗忘。不遗忘就是对家乡最美好的祝福。

“天地西江远，无家问死生。凉风起天末，万里故乡情。”随着雄安新区建设步伐的加快，东小里村终会完成自己的历史使命，淹没在浩瀚的历史云烟中。然而，无论怎样的失去，都不会淹没那一缕乡愁。乡愁是散落在家书上的墨香，是笼在心间挥之不去的情怀。东小里村的人们，也必将在滚滚潮流中成为新时代的弄潮儿！

丰碑

周末和朋友小聚，聊起了文学，聊起了我的书《长河悲歌》。提到《长河悲歌》，我对自己这一年的碌碌无为不免感到惭愧。在这样一种情绪的指引下，我突发奇想，想写一部红色题材的小说，于是朋友提到了一个村庄，以及那个村庄曾经发生的惨烈战斗。

下午，驱车赶往北后台村的烈士陵园。

沿着乡村小路前行，七拐八拐，还没到陵园门口就看到一座雄伟的雕塑。雕塑是三个姿势不一的军人，神情坚毅，昂首眺望远方，在蓝天的映衬下更显庄严肃穆。走近前才知道，原来是一座烈士纪念塔。

陵园的门锁着，我从门口看进去，一座座密密麻麻的墓碑静默地伫立在那里，四季常青的柏树像卫士守护着这些长眠的英烈。左边是高耸入云的纪念碑，右边是一个小房子，想必是守陵人的住处。

正发愁不知如何进去时，忽然发现墙上写着联系电话，于是拨了过去，得到的回答是很快就到。不一会儿，一位老人骑着电动车赶了过来，浑身泥点，穿着一双雨鞋，看到我们不好意思地一笑，解释说他刚刚浇完地。跟着老人进入陵园，一直朝着墓碑走过去。

故乡也有座陵园，叫永丰烈士陵园，那里的柏树高大、茂密，高大的墓碑上刻着烈士的名字。每年清明节前后，每天的固定时间，都会有成千上万的鸟儿绕着陵园的上空盘旋着、鸣叫着。

然而我从没见过眼前的墓碑，除了刚进门那座高大的纪念碑外，墓群的碑很矮，离地面一尺多高，没有刻名字，白色的，一个挨着一个，在松柏的映衬下更显悲壮。

“这是哪一年的事情？”我问。

“这大约是1940年的事了。一共死了500人，都是一些年轻后生，还有一个18岁的四川女娃娃。”老人带着我往墓群中间走去。

“这是哪一支部队？怎么会牺牲这么多人呢？”我跟在老人身后。

“是三十二团，那场战斗打得惨烈啊！没有一个人投降，有的人肠子都炸出来了，用手塞进去继续战斗。”老人站住了，回头看着我说，“姑娘，你脚下，就埋着这些牺牲的战士，一个挨着一个。”

我站住了，怔怔看着脚下。这青砖下面，有多少忠魂长眠；这陵园背后，有多少英雄悲歌；这初冬的寒风里，又传颂着怎样的慷慨激昂？

抗战时期，容城县是重要的抗日根据地，属于晋察冀边区的冀中十分区，后来划归冀热察区。1940年冬，冀热察区的党委书记马辉之率少数地方干部去十分区视察工作，同时把培训人员及配备的电台给十分区送去，与之同行的是十分区三十二团。马辉之一行与三十二团由涞水县车场村出发，阴历二十日深夜到达定兴县大佟村。次日黄昏，一营转至北后台，因辗转战斗过分疲劳，就在此处暂时休整。阴历二十三日拂晓，日军兵分九路进行合击，一营最后被逼进一道200米长的交通沟里。在敌我力量悬殊的情况下，一营屡次冲锋都未能冲出日军包围圈。最后集中兵力，掩护马辉之等100多人突出了重围。团参谋长朱湘海、一营营长贺正宝、一营副教导员杨爱贤、一营四连连长李林、卫生队队长闫新华、冀热察区交通大队大队长郝立本、特务连一排排长焦德林、一营二连连长劳锐等497人全部壮烈牺牲。

我仿佛听到了村庄里飘来一阵阵凄楚的呜咽，撕心裂肺的痛楚和悲惨的啜泣；我仿佛置身在硝烟弥漫的战场，看见在枪林弹雨的大地上，一群英雄空着肚皮，沸腾着热血，与日军拼杀的壮烈场面。他们为了结束这场浩劫挺身而出，用血肉之躯建起坚固的围墙，去抵挡那冰冷的枪弹，用滚烫的鲜血换回了一个民族的自信和尊严！

"第二天，小日本又把八路军用刺刀重新挑了一遍，那些本来还一息尚存的八路军被杀死了，有的还被烧成了焦炭……真惨呐！"

我说不出话来。凝望着眼前的陵园，全身在止不住地颤抖。"夜阑卧听风吹雨，铁马冰河入梦来。"恍惚间，我以为自己做了一个梦，我似乎看见满地的鲜血染红了整个大地，那铺天盖地的红色正朝我蔓延过来，要把我淹没……此刻太阳正暖，长眠的英雄不知在那边看到的太阳，是否也如这般温暖呢？

告别老人，准备返程了。我想，中国人民既然能以艰苦卓绝的努力赢得民族独立的胜利，也一定能够在中国共产党的领导下实现中华民族的伟大复兴。回头再望一眼这座高大的烈士纪念塔，我心中的信念更坚定，我要用自己手中的笔，再书写一部雄安的丰碑！

莲心岛

喜欢小岛，是因为恋上了岛上清香的荷、翠绿的苇、清幽的水，以及可随风飘散的心绪。

小岛不远，就在雄安新区，就在白洋淀里一个叫东淀头的村庄。

小岛四面环水，若想上岛，必得驾一叶小舟。在碧波荡漾的水上悠悠前行10分钟，就到了荷花盛开、蒹葭绿绿的小岛上。

它叫莲心岛，而我喜欢叫它“时光小屿”。在这里，时光从指缝间慢慢滑过，悠闲、舒适，呈现出一种与众不同的美。这种美是多样的，或婉约，或豪放，或静谧，或苍茫，或优雅，或浩渺。

庄子说：“人生天地之间，若白驹过隙，忽然而已。”是的，在这座时光小屿上，你能感觉到时光太瘦，指缝太宽，而红尘冷暖在岁月清浅的仓促间遗落一地。

或者，你有一份闲情独自屹立在水边，掬一份刻骨的思念，系一颗心的挂牵。在你回眸的瞬间，一抹兰轩的底色就会悄然纳于心间，不问深浅，暖一世欢颜。

白洋淀的荷花是出了名的，来这里不看荷花，等于没到白洋淀。而观荷，除了荷花大观园，就是时光小屿了。荷花又名芙蕖、水芙蓉，《尔雅·释草》："荷、芙蕖……其华菡萏，其实莲，其根藕。"李时珍《本草纲目》"莲花"释名："芙蓉、芙蕖、水华。"荷花有五色：白、青、红、紫、黄，称为"五种天华"。在小岛上，犹以浅紫色最甚。这个七月，砚一池浓墨便可润满湖华章。

想必君也是爱荷之人，就以宋代诗人秦观的《纳凉》赠予爱荷人吧："携扙来追柳外凉，画桥南畔倚胡床。月明船笛参差起，风定池莲自在香。"

时光小屿有两座小岛，一条颤悠悠的长桥把它们连在一起。长桥周围是浩渺的水域，偶尔有水鸟掠过，一只小船在渔歌唱晚里满载希望而归。行走在长桥，如同行走在如梦的岁月里，一路听风、读雨，看陌上花开。总有美好让你驻足，总有远方给你希望，总有未来值得期许。

一叶渔舟飘然而过，渔翁把歌声洒落在清清的水里……

来到小岛你才知道，岁月并没有消磨曾经的激情和梦想。你才明白，原来所向往的，一直都是诗和远方。

这里的风是有颜色的，它穿过荷塘，荷花便一池紫粉色；飞过窗棂，满屋便是绿色。它吹散了一地斑驳，吹皱了一池清水。清风入怀时，岁月悄悄流转，在这里，你只想做一个温暖的人，浅浅笑，轻轻爱，稳稳走。

这样的安宁和美好是夏天幸福的味道。可以观荷、听雨、抚琴、舞剑，静赏一池青花；吃酒、煮茶、吟诗、作画，笑谈一地桑麻，独享这份悠然自在。

若你来时，我愿芙蓉为裳，荷为衣，与你执手在这清莲画浦，看花堕轻漪，沐荷畔烟雨……

伫立屋檐下，听那夏日蝉鸣，望那星河璀璨。或者，就那样天涯咫尺，静静生活，不必相识。未来的日子里，愿我们不惧岁月悠长，眼里长着太阳，笑容全是坦荡。

如此，自在，安好。

千里相聚在雄安

在漫长的人生道路上，总会遇到几个很特别的人，比如你。

——题记

我自2017年年底正式来到雄安，至今已经2年。两年里，常常怀念家乡的一草一木，总有一些念头倏忽而过。思乡的念头如杂草一般在心里疯长，让人不能释怀。工作闲暇，那些关于长安的诗句常常会跃出脑海，随后跌落心底。

我才知道，心底最深的热爱和不舍，还是我深深眷恋的文字，以及那些写文字的人，他们像璀璨的流光焰火，常常在我心底绽放。

未来的雄安是一座文化新城，需要许多致力于宣传雄安文化的学者。于是就有一个想法，想约陕西的一些作家到雄安进行文化交流。这个想法和铃兰沟通后，得到了她的积极响应。于是，我们一个在雄安，一个在西安，开始忙碌起来，经过半个多月的沟通、协调，终于将相聚的时间定在8月3日。

这次邀请的作家有陕西省作家协会副主席厚夫、陕西省作家协会长篇小说专业委员会副主任王海、太白文艺出版社总编辑韩霁虹、咸阳市渭城区作家协会主席杜芳川、蒲城县作家协会主席郭钊、诗人王全民，同行的还有我的好姐妹铃兰、白云飘飘、王玮炜和张娟。交流会当天，恰逢河北省作家协会主席关仁山老师也在雄安新区，于是，一群志同道合的人因文学相聚雄安，尽情畅谈两地文化的发展。

作家们舟行碧波上，在白洋淀想象当年雁羚队痛击日寇的场景；漫步长廊，欣赏着迷人的自然风光；在市民服务中心，欣赏着雄安新区的建设蓝图……

相聚虽短，但意义深远。

西安、延安、雄安相隔甚远。对我来说，这一步虽跨得太远，却因了心中最初的梦想而无悔。

其实，这不是偶然，而是冥冥之中的必然。没有想到，500多年前明朝著名谏臣杨继盛成就了500多年后的我与雄安结缘，而众多白洋淀作家与陕西也有着不解之缘，其中家喻户晓的《荷花淀》作者孙犁先生就是在陕西延安大学读的研究生，后来到白洋淀进行创作。

雄安的陕西人不多，就是有也几乎很难遇到，说家乡话对我来说成了一种奢侈。相聚的这几天，我终于能把珍藏了很久的家乡话痛快淋漓地拿出来讲，美美地过了把瘾。而我，在倾听乡音时，也慢慢觉得故乡在与我靠近，即便人在他乡，那种最原始的爱也会再度滋生。

许是离乡太久的缘故，分别时竟泪眼蒙眬，和几个姐妹相拥着舍不得分开，那些温暖以及那些躲在文字后面的心事，都在这短短的几天里慢慢温润了我的心房。

“今日种种，似水无痕；明夕何夕，君无陌路。”尽管相聚短暂，忆起之时，依然心暖。遇见一朵盛开的花，会芬芳一段流年；遇见几个热爱文字的人，会温暖一程岁月。无论光阴流转，还是岁月变迁，只愿时光不老，我们能够继续相伴。

我想，当我坐在岁月的岸边低眉听尘时，内心定会涌起丝丝温暖和感动，使我在两地传统文化宣传的道路上，无论遇到怎样的挫折和打击，仍能不改初心，坚定前行。

他乡月明

· 落红

· 西行漫记

· 南行散记

· 行走苗寨

· 我去青州了

· 行走千次的生命

· 静守文字如歌

· 从诗词谈中国传统文化

落红

风月花草，一笑尘缘了。

——题记

自从看了杨朔的散文《香山红叶》，就非常向往那满山的红叶。我是一个好奇心特重的人，不止香山，一切新奇的东西我都想一探究竟。我想象着漫山的枫叶像一簇簇燃烧的火苗，肆意地点燃久违的诗情，我坐在红彤彤的林海中，沐香风，赏斑斓，静等一片红叶飘落在肩头。

11月，正是看红叶的好时候。于是，在友人的盛情邀请下，周末坐高铁直奔香山，无论满载而归还是失望而返，终究是圆了心中的梦。

清晨，下起了小雨。冬雨落在身上已有了很深的寒意。我漫步在梦幻似的林间，捡起一片红叶，轻轻地抚摸它平实的叶面，像抚摸爱人额上的皱纹。心里涌起的满是痛惜和爱。它没有春天时的娇嫩，也没有夏日时的活力。可它那秋日的红艳燃烧了最后的辉煌，沉淀了它一生的沧桑！

红叶是一首美妙绝伦的诗，是一幅绚丽多彩的画。文人借它寄托自己的感情，画家借它展现神州万里河山的壮美。

每每吟起杜牧的“停车坐爱枫林晚，霜叶红于二月花”，必会想起陈毅元帅的题诗：“西山红叶好，霜重色愈浓。”更深刻的触动是杜拉斯的作品《情人》开头那句“……依我看来，您现在比年轻的时候更漂亮，您从前那张少女的面孔远不如今天这副被毁坏的容颜更使我喜欢。”

《沁园春·长沙》中也有“万山红遍，层林尽染”这样的词句，一个染字，凸现出浓浓秋意。想象中，极目所望，晚霞和红枫一色，暮霭与寒山相映，槭栌流丹，满山云锦，如彩如霞，浓烈无比，生机无限。伟人独立寒秋的橘子洲头，对碧透的江，争流的船，抒尽胸中豪情。他的情怀都表现在那句“春色能娇物，秋霜更媚人”里。

杨万里的“梧叶新黄柿叶红，更兼乌桕与丹枫”，描绘了如火如荼的山林秋景。他的另一首《红叶》写得更妙：“小枫一夜偷天酒，却倩孤松掩醉容”，把秋枫变红形容成“偷天酒”，真是极妙。

许浑的红叶是感觉中的，“红叶晚萧萧，长亭酒一瓢。残云归太华，疏雨过中条”，树树秋色，山山余晖，暮色四合，晚秋触觉里的苍茫、空旷、惨淡，跌宕出送别的酒和令人慰藉的飘飘雨丝。

王维的红叶是通透的，那首《山中》：“荆溪白石出，天寒红叶稀。山路天无雨，空翠湿人衣。”清浅的溪水，冷肃的秋意，水底粼粼可见的白石，山中逐渐凋零的红叶，再配以山岚翠色为背景，互相映衬，构成一幅色彩鲜艳、富于实感的水彩画。诗句字句平常，却整体见美，是为诗中画。

自古以来，红叶属于可以撩拨人情思的东西，一如红豆，可以相赠，它也是人们寄托相思、歌颂爱情的载体。自古就有《红叶传书》的千古佳话。史书记载，在唐玄宗时期，一位幽禁在深宫的宫女，思慕自由的爱情，深秋的一天，她来到宫内御河边，从树上摘下一片红叶，在红叶上赋诗一首，寄托相思之情。诗中这样写道："一片红叶御河边，一种相思题诗笺。千秋佳话庐舍人，百年姻缘诗叶牵。"写完后，宫女就把红叶放在河里，红叶顺水而下，被御河水冲到了宫墙外边，被一位有才的公子捡到，遂和诗一首："红叶无诗亦是诗，何来宫女再题词。秋复秋兮红叶在，片片红叶惹秋思。"

又飘起了雨，雨丝密密地斜织着，落红一地。我抬头仰望天空。天空好大，可以包容北风的放肆和冬雨的无情。此刻，突然发现，与我在春天的路上擦肩而过的那些人或事，即使我放慢脚步，也早已无处可寻，时光依然如长江水滔滔东流去，远去的山河盛世已属于记忆，唯有沉静无言，独享一个人的浮世清欢。

"一重山，两重山。山远天高烟水寒，相思枫叶丹。菊花开，菊花残。塞雁高飞人未还，一帘风月闲。"南唐后主李煜的这首《长相思》以景状情，在词人笔下，远山、烟水、枫叶、菊花、塞雁，共同构建了一个清冷的深秋。在这样的深秋中，相思之情就越发寂寞幽怨。

《江陵愁望寄子安》为唐朝才女鱼玄机所作，"枫叶千枝复万枝，江桥掩映暮帆迟。忆君心似西江水，日夜东流无歇时"。据载，李亿、鱼玄机二人在大诗人温庭筠的撮合之下一见钟情。李亿将鱼玄机迎娶到他在长安林亭置下的一栋精致别墅中。在这里，两人度过了一段美好时光。在江陵，李亿还有一个原配夫人裴氏，见丈夫去京多时仍不来接自己，于是多次来信催促。在无可奈何的情况下，李亿只好亲自东下接眷。李亿有妻，鱼玄机早已知道，接她来京也是情理中事，她通情达理地送别了李亿，牵肠挂肚地写了这首《江陵愁望寄子安》。

叶，为生命而燃烧；心，为痴迷而破碎。繁华落尽，一地乱红；寒风袭来，满眼沧桑。我怕我的泪流出来会更冷，于是裹紧围巾，继续前行。

寒风吹过一地落红，散落过往。而我，拿什么来回赠这个世界？

西行漫记

这次西行不远，甘肃省瓜州县。

其实也不算近，从陕西关中穿越甘肃省全境，一直到瓜州县的柳园镇，那里距离新疆哈密只有200多千米。感觉远，是因为甘肃省的地形是长而窄的，由东南向西北延伸，坐火车大概要24个小时，几乎穿越了甘肃省的全境。

这次和以往有了不同的感觉，因为这次要去我向往已久的地方——敦煌莫高窟，所以旅途虽然漫长，但内心充满兴奋与新奇，也就不觉枯燥。从西安坐火车，下午时，就到了兰州站，在这里提到兰州，是因为在我的印象中，兰州似乎很熟悉，熟悉是因为有朋友在那里，经常提到。到了兰州，我以为快到敦煌了，可是朋友说我们距离目的地还有一半多的路程。

不知从哪里开始，火车进入了茫茫的大戈壁。戈壁滩只是在书上看到过，听别人提起过，却从没见过，这次亲眼看到，我很激动，于是就趴在车窗上，目不转睛地看从窗前闪过的一切。绵延几百里没有人烟，没有草木，一丝绿色都没有，光秃秃的，地上的细小沙粒被大风吹起，落在地上，就像湖面上被风吹起的水纹，很美。

到第二天早上七八点，距离敦煌火车站只有两个小时的路程时，火车经过一片绿洲，车上的一个小女孩惊喜地叫："马！"我循声望去，果然，一群马在那片绿洲旁悠闲地散步，牧马人挥着鞭子，唱着歌，还真有草原的味道。路旁，十几名铁路工人正在炎炎烈日下工作着。也许是戈壁滩上没有人烟的缘故，一位铁路工人看见我趴在车窗上，微笑着友好地朝我挥手，我也挥挥手，以示我对铁路工人的崇敬之情。又过了一个多小时，终于到了敦煌市。

啊，我心心念念的敦煌莫高窟，我就要见到你了，我的心情万分激动。下了火车，我提着行李快步走出车站，芳姐直朝我喊，让我走慢点，别走丢了。我正高兴，哪还顾得了那么多。火车站门口，一排一排的，全是出租车，所有的出租车司机都穿着浅蓝色的衬衫，深蓝色的长裤，看上去整齐划一，十分精神。

从火车站到柳园镇有100多千米的路程，一路上全是茫茫的大戈壁，一眼望不到边，公路两旁光秃秃的，什么都没有，炎炎的烈日透过车窗，直直地射进来，烤得人皮肤发痛，连空调都不起作用了。开出租车的师傅40多岁，一路上我不停地问这问那，他总是不厌其烦地给我讲解，两位姐姐早在车上睡着了，只有我瞪大双眼，欣赏着在她们看来毫无意义的大戈壁。出租车在茫茫的戈壁上行驶着，我突然发现在公路两旁，生长着一种奇怪的植物，浑身绿色，中间夹杂着红红的色彩，因为离得远，所以看不清楚。司机告诉我，那叫红柳，耐旱，所以在这样的环境中生存着。

我看着这种颜色漂亮的植物，心里不禁肃然起敬。这样恶劣的环境中，红柳不仅给人以视觉上美的享受，精神上也鼓舞着我们，使我们在逆境中、在遇到困难时能够坚强地面对人生。我请求师傅把车停下，好让我摘一束带走，可是由于天气实在太热，司机怕戈壁滩上的热浪灼伤我们，竟不肯停车。无奈，我只好望着美丽的红柳兴叹不已。

终于到了柳园镇，工地上的车早已在宾馆门口等着我们，司机帮我们把行李拿进房间。稍稍歇息了一下，我们就到工地去了。工地也在戈壁滩中。风很大，似乎都能把人吹走，干热干热的，不是关中地区那样闷闷的、湿湿的热。

用了两天时间干完工作，就返回敦煌，去著名的佛教遗址——莫高窟参观。真是闻名不如一见，莫高窟气势恢宏，飞天美丽飘逸，而端坐在正前方的佛祖释迦牟尼像更让人有神秘的感觉。走在洞中，感受着中国几千年古老的佛教文化，油然生出一种自豪的感情。

看到的太多太多，不一样的感觉也很多很多，此时此刻，我想，只有一句话能代表我的心声，虽然落伍，虽然俗气，可是我还是要说："我爱你，祖国，因为你的博大。"

南行散记

清晨，从梦中醒来，车窗外的一切是那样清新而碧绿。关中以外的地区，除了秦岭，可能就此处的田野如此翠绿吧？从车窗前一闪而过的树林，令人想起郭小川笔下那首《青纱帐，白桦林》，想起读这首诗时的激昂和豪情。

往远处眺望，薄雾蒙蒙，庄稼在雾气笼罩下看起来潮湿而苍翠。间或几座白色的小屋，点缀得田野充满勃勃的生机。

原来我喜欢的，竟是旅途的那份感觉，轻松而惬意。

此时，晨曦露出，那一抹微红看起来很耀眼。这是广袤的平原，一望无际。

到了信阳，这是铁路线上的一个小站，火车停留了几分钟。丘陵和树林慢慢多了起来，天气虽然阴沉沉的，但心情却很好。看了一会儿书，从自我陶醉的世界里钻了出来。看着车厢里来来往往走动的旅客，我很享受地躺在自己的铺位上。

眼前忽然一亮，出现了宽阔的江面，原来九江到了！

一直对江西情有独钟，是因为根植于心中的红色情结。贺子珍的故事深深地印在我的心里。井冈山、庐山，这些地名都是有血有肉的。以前脑海中模糊的影子如今清晰地出现在眼前，怎不令人激动？

旅客们都在闲聊，还有人在睡觉。我睡意全无，坐在窗前看从眼前闪过的一切，捕捉着在我看来美丽而值得欣赏的景色。

不远处的田野只看到绿意，几只牛在吃草，铁路近处几个工人在施工。感觉火车开得很慢，因为能看清工人的模样。一名铁路工人看见我趴在车窗上张望，就朝我友好地招手，我也微笑着朝他挥挥手。

沿途的水乡美景已经依稀看到。列车经过的地方，农作物都是低矮的，长势很好，池塘也不断出现。雨停了，或者此处不下雨，粼粼的池水泛着微波，清凌凌的，柔软了我的心。

江西吉安到了，停车5分钟。我下车想透透气，顺便拍照留念，但列车员催着上车，只好站在门口匆匆瞥了一眼。看着这座陌生而熟悉的城市，想象着它曾经的辉煌，心中油然而生一种敬仰，一种肃穆。

当万物还在梦中沉睡的时候，列车已抵达广东东莞站。我悄悄起床，坐在窗前，看从眼前闪过的城市灯火。雨下了一夜，此刻还在淅淅沥沥。身在异乡却没有半点乡愁，但也没有更多的兴奋，犹如离家归来的女子一样自然。也许不同的年龄会有不同的感受罢。这种平淡的感觉其实会更加长久一些，如清香的茶，耐人寻味。

祖国无处不故乡！

喜欢独处，喜欢享受那份孤独。朋友开玩笑说，不要把自己走丢咯！我淡然一笑，走丢又何妨？走丢一次，不是更能享受那份超脱和释然吗？

还没来得及认真地年轻过，就已经渐渐老去。岁月长河犹如南下的列车与青春年华渐行渐远，肩负的责任和义务却如千斤重担压在肩头。我没有认真地年轻过，那么，我是否应该选择认真地老去呢？错过了尘世的太多遗憾，我愿化作一阵风，不断将如歌的岁月吹拂，安静地藏在某个角落，等我过遍尘世千山的阻隔，再到你的跟前来，虔诚地跪拜，祭奠我曾任性时没有实现的理想。

前进的路上或许总是孤独的。没有人能读懂谁心里的寂寥与失落，每个走过年少的人，都会经历那份跌宕起伏。谁也不能代替谁去生活、去努力。而我们都只能默默承受着那些失落。也许明天也是灰色，后天依然是阴天。但我们却只能收起曾经的怯懦无助，坚定地走下去。路的尽头也许并不完美，却有新的东西在等待。不知是谁说的："未来的路上，我祝你痛苦和不幸。"这句话直到现在才深深理解。只有经历痛苦和不幸的人，才能珍惜友情、爱情和亲情。

一路上与自己的心灵对话，那份美好是从来没有过的。两夜一天的火车行程，想起很多潜藏在心底但从未触及的情感，如窗外丝丝缕缕的雨帘绵绵不绝。

零零碎碎的感受记录下来，也是自己心路历程的体验和宣泄吧。

行走苗寨

一　有个女子叫幸福

说起这次到贵州也算偶然，本来是准备去别处的，一日铃兰忽然问我想不想去苗寨，待看到她详细的计划书后，我毫不犹豫地同意了。我们俩都是喜欢旅行的女子，这次的结伴而行，也算对得起彼此的相知。

然而苗族，到底是一个什么样的民族呢？从踏上火车的那一刻，内心便想象着她的模样。

从贵州坐车到州府凯里，又转了几次汽车，终于到达苗寨，此时已是下午。铃兰联系了一户苗家，苗家女名叫胡幸福，是我们所要入住的那户苗家的女主人。幸福是铃兰的女儿给我们推荐的，去年写生她们就住在那里，说幸福人很好，长得又漂亮，对外来的学生很热情。于是我和铃兰理所当然住在她家。

在寨门口四下环望，虽然已是秋季，然而翠绿的林木满山遍布，中间没有一丝别的色彩。水是那种清澈到碧绿的颜色，峰回路转间，总会在不经意时闯进视线，带着惊喜跳入眼帘。

我们边等幸福，边拉着皮箱随着人群往寨内缓缓而行。这里的游人不是很多，不似丽江游客如织，喧嚣、商业化气息很浓，和云南大理古镇倒是有几分相似，到处都散发着一种悠闲而纯朴的气息。我深吸一口气，贪婪地吮吸着苗家最美的芬芳。路边不时有苗家女子经过，几乎都穿着相同的衣服，黑色的绒上衣，斜襟边上都有宽宽的彩色镶边，连领子上都有镶边，这都是提前锈好后缝上去的，梳着高高的发髻。都说苗家女是美的，只因她们日常服饰就很讲究，且极具民族特色。

和幸福的会面一波三折。苗寨的街道其实很简单，白水河穿寨而过，把寨子分为两部分，我们一直顺着进寨的路走，和幸福电话联系了多次，总是因相会地点找不到而错过。

终于，远远地便看见一个女子朝我们招手，铃兰说那应该就是幸福。我们俩高兴极了，使劲挥手，好似看到亲人一般。待到走近，我便仔细打量。这果真是一个美丽的女子，腼腆而文雅，梳着高高的发髻，穿着苗家女子的便装，脸上挂着甜甜的微笑，满口普通话，细脆的声音，温柔而动听。她不停地道歉，解释着接我们迟到的原因。铃兰伶牙俐齿，和她热情地攀谈起来，而我只是微笑地望着。

我们跟着幸福来到她的家。这是一幢崭新的三层吊脚楼，顺着楼梯爬上二楼，脚底下发出轻微的咯吱咯吱的响声，木楼颤颤悠悠的，好奇特的感觉！

幸福把我们领到最好的一个房间。所谓最好就是房间里带着卫生间，可以洗澡。但房间只有一台老式十四英寸电视机，两张床，崭新的白色被褥。朝西有一扇窗户，可以望见对面人家的吊脚楼，一群写生的学生住在那里。这种苗家的住房虽然简陋了些，但干净又便宜，一晚50元，对我们这样的旅行者来说是最好不过的。

幸福给我们把房间收拾停当，临下楼时微笑着说："要是想在家吃饭给我说一声，我就等你们哦。"

我把自己抛在木床上，太好了，远在贵州，竟然也找到了一种家的感觉，是不是很幸运？

一住，便爱上了这里，并且爱得一塌糊涂。

比起那些商业化古镇，西江千户苗寨应该算是比较古朴的寨子，现代文明的气息如春风般吹进苗寨，但那种慢生活状态和本民族的质朴却无处不在。全寨都被打造成旅游景点，户户苗家都利用自身的优势挣钱，镇上的苗民自不必说，高档酒店、酒吧和饭店鳞次栉比，还有外来做生意的，开着各种小店，这和各处的景点大致相同。游客不是很多，这可能和户户苗家都有住宿有关，游客遍布全寨，镇上就显得很闲散。山寨的苗家都把自家的吊脚楼精心布置一番，开门迎接远方的客人。

幸福家也不例外。

幸福家几乎每天都要接待远道而来的客人，有时候一天要来两三拨，吃一顿饭就走，都是来感受苗族招待贵宾的长桌宴。长桌旁，客人相对而坐，排成长长的两行，每一份饭菜都是相同的，面前摆放着苗家自酿的米酒。与别处长桌宴不同的是，幸福给每一位客人都放一个红鸡蛋，表示对远道而来的客人的热烈欢迎。

第二天早起就上山了。我迫不及待地想走进苗寨，走近苗家，感受不一样的风情。而接连几天的早出晚归，我们总是错过了幸福家的吃饭时间。

这天中午，我们决定在家休息一会儿，整理一下这几天的照片和文字。我正坐在美人靠上摆弄着相机，忽听楼下传来女子唱歌的声音。我趴在木楼的缝隙往下看，只见幸福穿着鲜艳的民族服装，边给客人倒米酒边唱祝酒歌。而男男女女的客人们分坐长桌两旁，享受着歌曲带给他们的快乐和新鲜。幸福的声音是清脆的，细尖的，那曲调很悠扬，听不清歌词，或者说没有歌词，我仔细分辨也只能听到"咿呀"这两个从喉咙里挤出的字。苗族是一个没有文字的民族，他们的文字都在千百年的大迁徙中烧毁殆尽，用符号代替文字记录着一切，喜怒哀乐也通过曲调记录下来，逐渐形成了一种固定的模式，借以表达内心丰富的情感。

我光着脚跑下楼时，祝酒歌已经结束，我只看到男人们陶醉在幸福迷人的微笑里，还在学着她唱歌的调子手舞足蹈，忘记了吃饭。同行的他们的妻子则用筷子敲打一下自己的男人，提醒他们赶紧吃饭。

幸福腼腆地笑着，温暖而快乐。

接连好几天，我们和幸福都无暇交流。我们忙着游走，幸福则忙着她的生意。

这天午后，铃兰在正厅的美人靠旁整理她的照片，我则赤脚站在美人靠的长凳上，探着身子望向东边远处的寨子。苗寨的吊脚楼被绿色包裹着，错落有致地分散着。阳光正好，绿色在阳光下很耀眼，那种明媚是北方没有的。

金色的光从吊脚楼外顺着美人靠溜了进来，慷慨地洒在我身上。我斜靠着，醉心于此刻的宁静中。铃兰忽然说，此刻阳光正好，何不在美人靠旁来几张美照，也不辜负如此美景。此言一出，正合我意，于是跑进房间换衣服，而她早已在我发呆时换上她的美衣开始对焦了。

我们拿着相机互拍，总想留下最美的自己。来来回回，拍了删，删了拍，总也拍不到自己满意的照片。我或蹲或坐或跪，最后终于选出了几张比较满意的照片。想着刚才拍照的狼狈相，我俩都大笑起来。我笑她要求高，她笑我和她一样追求完美。

嬉笑打闹间，幸福手里拿着一把大梳子上楼来了。她说这几天忙得没时间招待我们，现在有点空闲，打算给我们梳苗家女子的发髻。

这才发现，原来苗家女子并不个个都是长发，那发髻先用皮筋扎起来，再用长长的黑毛线缠起，高高盘在头顶，然后把那朵鲜艳的绒花斜插在发髻上。

幸福那双巧手灵活地翻飞着，不一会儿就替我梳好了头发，铃兰拿着相机赶紧拍下了我的样子。我摇摇头，感觉沉沉的，想到古代后宫的女子梳着高高的发髻，戴着沉重的头饰，那滋味肯定不好受，哪如一肩长发来得飘逸。

我好奇地问幸福，她到底是汉家女子还是苗家女子，为何不嫁给汉族小伙。长得如此美丽，为何又偏偏嫁到这深山。

幸福笑着说，她们苗家有个风俗，就是女子从来不嫁外族，本山寨的女子要嫁到另一个山寨。因为她们苗族有很严格的规定，同寨不能通婚，她就是从很远的苗寨嫁到这座山寨的。幸福的丈夫是一个普通的男人，矮胖，比幸福大11岁，听说在陕西当过兵。我也是匆匆忙忙见过他一面，他似乎很忙，总是见不到人。他们有一个五六岁大的儿子。也许幸福嫁给他，是因为他当过兵的缘故吧，毕竟深山里在外当兵的男人还是有些魅力的。

苗寨的后山是大大小小的梯田，种着金灿灿的谷子。我们到来的那几日，苗家人几乎都收割完了。幸福家还有一片谷子没有收。我们中午遇到她时她说一会儿要去田里帮忙，于是我便央求她带我们一起去。她看着我们好奇的样子笑了，答应带我们去。我没见过收谷子，猜想大概和收小麦差不多吧。

可是到了下午，家里来了一拨客人，于是幸福又忙着接待客人了，我们的收谷之行也无奈取消。梯田收谷未成，便成了这次苗寨之行的遗憾了。

从幸福家准备走的时候，不知怎的，环顾这个简陋的木屋，我竟无限留恋起来。异乡虽然没有熟悉的味道，然而那种从未曾相见到一朝相知的感觉却在此刻强烈地撞击着我的胸膛。

拉着皮箱从楼上走下时，幸福家的小狗也摇着尾巴追了出来。我朝它挥挥手，它也汪汪叫了几声，是不是也舍不得我们离去呢？幸福来送我们，在街上的时候，她非要给我们买水果，我和铃兰执意不要，拉着皮箱匆匆前行。走到很远，她还是提着一大兜水果气喘吁吁地追上了我们，硬塞到我们手里。

我们依依不舍地挥手互道珍重。直到距离很远，还能看到她送别的身影。

从此，一想到苗家，一想到苗家女，便想起了她，一个美丽温柔、勤劳善良的女子，她叫幸福。

二　风去往的方向

我们在苗寨的第一个清晨，于白水河潺潺的流水声中醒来。

我没有马上睁开眼睛，喜欢躺在竹楼中的感觉，喜欢耳边传来苗家女说话的清脆声音。

听到唱歌的声音，我睁开眼睛，对面一户苗家的美人靠正对着我们的窗户。我跳下床拉开窗帘，一个美丽的少女正坐在那里梳头，长长的黑发垂在胸前，身旁靠着很多画板，是美院的学生在此写生吧？

第一个早晨我们没打算早起，大概8点多，起床收拾一番，我和铃兰才背起相机上山。寨门很窄，从街道上看根本不知道这原来是一条通往山上的路。寨子从山下一直顺着山势蜿蜒而上，要想领略苗家风情就必须爬上最顶端。

上山很顺利，走走停停拍拍，不知不觉已到半山腰。这里的吊脚楼较密集，有五六家连在一起。再往上走，看到百年老屋傍山而立，紧密相连却又错落有致。老屋全用木板一块块搭建而成，经风吹雨淋年轮碾磨，显得古旧斑驳，幽亮光泽中散发出岁月的厚重，虽然经历风霜却依然坚固如初。

小石板铺就的小路使苗寨的道路四通八达，没有刻意的堆积，看起来更像是随意摆放的样子。跨一步就进屋，退一步就是路，弯弯曲曲地延伸，连风声都知道去往的方向。倘若安徒生生在中国，我想，他的童话故事一定会从这里开始。

前面一片开阔的场地，几个苗家阿姐在收谷子，见到我们都友好地打招呼。我放下背包坐下来和她们聊起来，她们都会说普通话，虽然夹杂着苗家口音，但还是能听懂。闲聊中得知，苗族在数次的大迁徙中分化成许多不同的分支，其中西氏族在榕江多处辗转，到达西江的时间比柳氏族晚，大约在600年前。在西氏族到达以前，这里已经居住着苗族“赏”氏族。西江地名中的“西”指西氏族，“江”通“讨”，意思是西江是“西”氏族向“赏”氏族讨来的地方,“西江”的名字因此而来。

一位苗家阿爸坐在旁边插话说,他们是远古蚩尤的直系后裔,西江苗族子连父名,从蚩尤到1732年中间共有284代。清乾隆年间,清政府为了管理苗疆,对苗族人民实行编户定籍,强行取消苗族人子连父姓的传统,用苗民的谐音来定汉姓,一家人很多都因谐音定汉姓后不同姓。但姓氏不同不代表血缘不同,因此,西江苗寨的规矩是本寨不通婚,姑娘远嫁到别的苗寨,媳妇也娶自很远的苗寨,基本不和汉族通婚。

我坐在地上专注地听着。苗家人有太多的历史让我们赞叹,有太多悲壮的故事让我们感慨,那经历过的悲欢离合,怎是我们一次偶尔的涉足便能体悟到的?

一位苗家阿婆看到我的样子笑着说:“小阿妹,看你这么喜欢苗家,干脆嫁到我们这里吧!”阿婆说完,有几个阿姐和游人笑了。我伸了下舌头,回头不见了铃兰,她早已不知在何方拍美景去了,我就连忙跳起来拿起相机跑了。

正悠悠荡荡地四处闲逛,前面拐弯处过来几个人,一问才知他们是从苗王家出来的。一听说苗王,我兴趣倍增。穿过窄窄的小路一直上到最顶端,豁然出现大片开阔的场院,四面都是平地而起的吊脚楼,中间一块很大的四方院子晒着谷子。

苗王在苗寨还有一个更正规的称呼,叫“鼓藏头”,在寨子中主要承担祭祀工作。除西江苗寨外,周边的7个苗寨也属于他的领地。苗王的家在最高的山坡上,但不是最大的。从门口望进鼓藏室,一面大鼓安放在房屋中的支架上,房屋的正中间有一个硕大的牛头。摸摸牛头,敲敲鼓,便会吉祥如意,凡是拜访的人都会沾到好运。我生性胆小,看着铃兰摸着牛头沾着好运气,然后又抱起牛头，再敲一敲鼓。我盯着那硕大的牛头发怵，就是不敢伸手去抱。在一位男子的再三鼓励下，我终于鼓起勇气摸了摸牛角，男子将牛头抱起，郑重地递给我。我用手使劲托起，一种神圣的感觉油然而生，胆怯早已烟消云散。

鼓藏室门口坐着一位女子，我悄悄问："这个男子是苗王吗？"

"他是苗王的哥哥，我们苗王很年轻的，是教师。他今天有课没在家。"女子笑着说。

女子又说，苗王是世袭的，传男不传女，并且只传给最小的儿子。我问女子，如果没有儿子呢？女子笑了，她有点奇怪地看了我一眼说："怎么会呢？苗王家就是这么世世代代传下来的。"

看见我和女子聊天，苗王的哥哥走过来礼貌地说："我能吻您一下吗？您相貌圆润，吉祥会伴您左右。"还没等我反应过来，他就在我额头轻印一吻，然后又礼貌地行了个礼。我微笑了一下，算作回礼。

虽然没有见到苗王，可是我仍然觉得很高兴，也许不见是最美好的感觉，憧憬时时在，希望天天有。

告别苗王家我们准备下山了。铃兰打趣地说："他喜欢你这款的哦。"

"谁？"我没反应过来。

"苗王他哥哥呀！"说完，她转身去拍远处的美景。

"快快快！看这条小路被绿意渲染得多美呀！"我没理她，指着前面拐弯处的石头路喊。

于是我们一路欢笑着奔去。

从后山转出，就看见一大片梯田。此时正好是收稻时节，好多苗家已经收完稻子，只留下满地的金灿。西江苗寨的梯田叫加榜梯田，苗民根据山势地形变化因地制宜，缓坡地开垦大梯田，坡度地开垦小田，甚至沟边坎下石隙间也开田，因而梯田大的有数亩，小的只有簸箕大。正是因为这样，才有了顺山势一泻而下，高高低低、错落有致的梯田美景。

此刻恰是黄昏，夕阳随着我们的脚步一路前行，在梯田上洒下了美丽的光芒，闪着金光的梯田环绕着苗寨，一缕缕炊烟从寨子飘出。梯田在夕阳的余晖下，犹如套色画板，美丽无比。

站在田间回望苗寨，云雾迷蒙中飞檐翘角的吊脚楼掩映其中，间杂着绿色和青色从远处铺泻而下，正如诗中云："月落寒雾起，沄沄洲外田。犹当依远树，断续欲穷天。"

我在田间奔跑，我的纱巾在风中飞舞，蹲下身，手抚过田里留下的稻秆，追逐着水田里偶尔跳起的鱼，我陶醉在异乡醉人的风光里。

这是一方远离了尘世喧嚣的山水。

三　白水河之恋

苗寨每一天的日子都和白水河分不开。

发源于雷公山的白水河，沿着山岭蜿蜒而下，由东南向西北汇集成四条小河后，流入了两江谷底，来到了千户苗寨，成了他们的母亲河。历史上苗族先民的居住地都离不开江、河、湖、溪。历代的苗人也传承着祖先的生活方式，一般在依山傍水的地方聚居。

西江千户苗寨更是如此，它依傍着白水河。于是那潺潺的流水声就日日萦绕在耳边宛如美乐，五座风雨桥更为寨子增添了无限风光。

对风雨桥的初次印象从走进苗寨的第一刻就已感知。

第一座桥虽然横跨河上，但和寨子并肩。从桥的这头穿过便进入苗寨的街道，而桥下的白水河起初穿寨而过，然后不知从哪里又绕到寨外，和街道形成“T”形。我在苗寨始终没有搞清方向，想来应该和白水河有关。

每日早早起床收拾停当，和幸福打个招呼，我和铃兰就各自背着相机上山了。铃兰对我如此热衷于上山不可思议。我喜欢曲径通幽的感觉，每日清晨的第一念头便是进山探访。苗寨山民的一切于我总是有着无限的诱惑力。踏进寨子还不能说走进山民，和苗民攀谈也只是知晓一些很肤浅的民俗风情及生活习俗，要想深入体味，让“苗民”这个概念清晰展现，则需要更深的涉足让自己融入进去并把自己作为其中的一员，才能深刻地感知这里。

因此才耽误至今，此时才去亲近白水河。

这里10月的天气依然温热，早晨的街道很空旷，阳光温和地洒在各处，暗黄色的吊脚楼在晨雾中朦胧若现。这里的秋是绿色的，纯粹的绿，丝毫不夹杂别的色彩，不似家乡的秋绚丽，却更有一种脱俗的美。绿色象征着生命，此刻的苗寨正有一种喷薄的力量让人对生命有着热切的爱恋与敬畏，尽管已是秋天。

这是寨子中央的一座风雨桥，横跨在白水河上，由桥塔、亭组成，用木料筑成，过往行人可以在这里躲避风雨。桥的上部是塔、亭，有好几层，每层檐角翘起，绘有凤雕有龙。塔、亭顶端有宝葫芦、千年鹤等吉祥物，桥的两旁有栏和长凳，是一个长廊式走道。白水河宽阔、水流清澈，历来是苗民饮用、洗衣、沐浴，苗童嬉戏之处。靠在桥上凭栏远眺，看寨中寒烟叠翠，听脚下流水欢歌，仙境也不过如此吧？不知谁曾说的，“仙境如在梦，朝云如可亲。何由睹颜色，挥手谢风尘。”

青色的鹅卵石铺成长长的一道，弯弯曲曲，一直延伸到白水河的中心，形成一道小坝，此刻正有阿婆蹲着洗衣，抡起的木棒翻飞着捶石上的衣物。碧水映着蓝天，绿树簇拥着吊脚楼，河边有写生的学生，坐在岸边的石头上或沉思，或挥动画笔临摹。河水不是平铺直叙地流，从上游下来，路途中总与深深浅浅的青石相拥，热烈处如美人莹莹的美目流盼，又如静静而立的处子多情温婉。无论哪种情绪牵引总是曲水流淌，一种天人合一的美跳跃在青山绿水间。一千年前的清清河水，掬来甘甜可口。

几个苗族阿婆三三两两坐在桥上的长凳做苗绣，这是为自家的女儿做嫁衣呢。她们神态安详，偶尔抬头和身旁的同伴说几句话，听不懂，从她们的表情可判断出她们一定在说着快乐的事情。怎能不快乐呢？她们世代在此居住早已把天地灵秀吸收，身上所散发出来的是那种特有的属于她们的独特气质，也许从她们注定属于蚩尤后裔的那一刻起这种气质就已深深地刻在灵魂深处。

我徘徊在风雨桥头，我依恋着这桥、这水，这河流从我面前淌过的瞬间就已摄取了我的灵魂。我在想，此刻的苗寨之外，该是一个怎样的世界呢？看着眼前的情景，我是多么的眷恋啊，就如平生的梦里梦外，那些漂泊的想象或是现实的羁旅行走。荒野、流水、白云，我都奔跑着去簇拥，去拥抱它们，只是我永远都是一个暂时的旅居者，我注定终将回去。

这白水河的水与时间一起流淌，演绎着世事沧桑。

四　情系游方街

从不认为流浪是种颓废，它是一种追寻，追寻梦，以及梦中一方安静的土地，一个古老的村庄，一份安静的流浪心情。

这浮华乱世，若得一隅清明，即使自斟自饮，也是好的。

苗寨便是如此。

从幸福家二楼的美人靠远眺，只能看到远方朦胧的山色以及飞檐翘角的吊脚楼，家家都被邻居的吊脚楼环绕，无论从哪个方向看过去都能看到美人靠，线条柔和，而上面总有少女或倚栏沉思，或品茶远望，或懒散闲坐，或对着晨曦梳妆打扮。每一种神情和状态都能作为一幅优美的画被拍摄下来。

幸福家不在街道上，从一条小巷转进去，再爬上几级台阶，然后步入一条长长窄窄的小路，走到尽头，就看见她家的木楼了。爬上台阶就是一个开阔的场地，这是一个小小的市场，每天清晨都会有很多苗民聚集在这里，卖自家的蔬菜和水果。清晨，我第一眼目睹的都是苗家最质朴的生活场景，带着轻松的心情开始一天。

我的方向感很差，直到现在我脑海中还不能清晰地勾勒出整个寨子的画面，总觉得街道绕来绕去分不清。其实寨子只有这一条街道，只是因为白水河的蜿蜒曲折而使游方街忽而在河的左边忽而又在河的右边。铃兰笑话我，若哪日被苗族阿哥用情歌诱进山里，肯定找不到回家的路。

每行一处我必定不会使自己只置身景外，我会让自己融入景中，或热闹，或幽静，或快乐，或悲伤，情绪的牵引下会有更加直观的认识和感悟。

因此，我喜欢在苗寨的清晨或暮色中，在街上游游荡荡地闲逛。闲逛是我在西江苗寨的主题，争取把每个角落走遍是我的目的。每每出去，从从容容的脚步总能带着我发现美色，遇到有趣的人和事。

这条街道叫“游方街”，“游方”是苗家青年用情歌互诉爱慕之意，游方街是苗族青年男女谈恋爱的地方。每逢农闲时节，这里聚满美丽的苗族姑娘和健壮的苗族小伙谈情说爱。“打细斜打呀，麻细斜果夺；夺犯尚奈媒，拉惰架拉就。（快来相知相识交谈吧，不相互交谈也许就错过了；错过了就错过了你我的一生，再无缘相知相识，一个再也难见一个”这是苗族青年男女第一次见面时，小伙子唱的第一首情歌。少女则答：“细斜果细斜，夺刀某阿郎。（想谈恋爱就想谈恋爱，不跟你开玩笑）”显得干脆利落，情意绵绵。

这就是富有苗乡风情的游方。在广阔无垠的天地，用含情脉脉的歌声传递爱的信息，在未曾相识先闻其声下编织爱的美好。

而我则从远方赶来，赴你一面之约，痴迷留恋人间，已为你倾尽半生容颜。在喧闹的街头，看着擦身而过的人，相似的身影，片刻的失神，西江总是可以勾起我无数的回忆和联想。

许是我们去的时间不对，半个月没有见到谈恋爱的青年男女，更没见到热闹的对歌场面。可是从街道游游荡荡地走过，也有很美妙的感受在心头。

临街而建的小酒吧，门口一个小阿哥吹着芦笙陶醉在自己的世界里，有游客悠闲地坐在那里饮酒。也许是年龄的关系，喜欢安静的我对这些地方不感兴趣，在丽江，在镇远，在这里，都是如此。

一家店门口坐着一位小姑娘，大约十八九岁，两腿间夹着小鼓，随着音乐双手上下飞舞。于是心生羡慕，就想请她教我，姑娘笑笑，说这不是一时半刻就能学会的。我坐在姑娘对面，试着按照鼓点拍了几下，节奏倒准，只是鼓声闷闷的。学着她的样子，手指轻扬，轻轻落下，柔软地拍击，声音果然清脆了许多。

不时遇见苗民，女人身穿斜襟纽扣的黑色上衣或蓝色上衣，头戴大朵粉红的绒花或大红的绒花在街上行走，有的背着袋子，许是装着谷子吧，有的担着担子，颤颤悠悠地走过，见了我都露出友善的笑容，丝毫没有因为生活的劳碌艰辛而流露出烦恼忧郁。相反，在这里处处可以看到和感受到淡定从容，苗族妈妈专注地绣着苗绣，来此写生的画家认真地想象着构图，吊脚楼上的苗家阿哥若有所思地吹着芦笙，游客们穿着苗族盛装欢乐地在风雨桥边玩水，农夫被牛儿牵着回家，就连猫儿都毫无戒备地靠在窗台上午睡。

转过一道弯，遇见一位苗家阿哥牵着马走过，马身上驮着新收的谷子，我在街上行走的时候，他已经来来回回走了好几趟。我跟着他来到他家门口，他的阿爸阿妈正在晒谷子。一位漂亮的阿妹坐在木楼前绣东西，看见阿哥回来，连忙站起来给他擦去额头的汗珠，阿哥看着她憨憨地笑，她用手捏了下他的鼻子，回头看见我，害羞地低下了头。我拿出纸笔，飞快地写下了一首歌词：

吊脚楼/颤悠悠 / 阿妈在里酿米酒 / 阿爸楼顶把谷收 / 阿哥牵马下山寨哟 / 阿妹楼前把花绣 / 哎　阿哥牵马下山寨哟 / 阿妹楼前把花绣 / 吊脚楼 / 颤悠悠 / 酒礼歌声如水流 / 芦笙阵阵绕木楼 / 青山含情水含笑哟 / 苗家儿女多俊秀 / 哎　青山含情水含笑哟 / 阿苗家儿女多俊秀

两个阿婆各自坐在自家的楼上拉着家常，听不懂说什么。我席地而坐，想和她们闲聊。其中一个阿婆年纪已经很大了，可能没有这样接触过外人吧，看到我和她们拉话赶紧回家了，并且关上了门。另一个阿婆穿着浅蓝色的斜襟上衣，头上包着头巾，看着我笑。我和她连说带比划地交流着，她对我们的交流表现出极大的兴趣。和最普通的寨子里的阿婆在一起，我才真真切切地感觉到自己的确置身于苗家，和他们融为了一体。

街头聚集了几个苗族妇女，在路边坐着歇息，阿旺苗家客栈前也有几位妇女有一搭没一搭地聊着天，望着街道上来来往往的外地游客。一天的活已经干完，她们在这夜色将至的街边聊着各自喜欢的话题。

暮色降临，吊脚楼在群山的环抱下逐渐变成青色，夜幕下的吊脚楼像萤火虫般散落山间，暮气升起时连白水河的上空都变得朦朦胧胧。我所看到的游方街虽然朴素，但是那种潜在的优雅和稳重却无处不在，它渗透在每一座吊脚楼内，渗透在苗民的喜怒哀乐里，举手投足间都是韵味和吸引力。

依栏望着灯火璀璨的苗寨和宁静的游方街，嗅着清凉的空气，聆听着静默中流动的白水河，哗哗的水声犹如轻扬的夜曲，悠远清长，韵致淡然。我的思绪自由地穿越时空，释放着所有快乐和不快乐的情绪，一切都是自然流泻。这样的夜晚，不知道还有多少与我一样的旅人静坐于习习的山风中做着旖旎的梦。一切悲欢离合，再也不会在这样的夜晚回放。

我去青州了

当我走向你的时候，我原想收获一缕春风，你却给了我整个春天。

——题记

去过大大小小的地方，看夕阳晚霞，看覆水之舟，看冬日白雪，看苇絮飘飞。而只有那个名叫青州的地方，从千里之外俘获了我的心。

倘若你有空暇，且有一份闲适的心情，走过四季的路，听过四季的雨，踏过万年桥上青光的石板，信步于明衡王府遗址，徜徉在范公亭，徘徊在李清照纪念馆，遥望云门山上熠熠闪光的大“寿”字，你会感觉到有一缕清风，从历史的深处吹来，滋润了身，更震撼了心。

青州为古九州之一。“九州”的提法，早在春秋时期就有文字记载。那时普遍认为，在尧、舜时代，大禹治水改堵为疏的办法排除了洪涝，把全国分为九个区域让人居住，称之为“九州”。《说文解字》一书说："水中可居者曰洲。昔尧遭洪水，民居水中高土，古曰九州。"

在九州中，青州的位置在中原大地的最东方，按照古代盛行的阴阳五行之说，地域有东、西、南、北、中五方，颜色有青、赤、黄、白、黑五色，物质有木、金、水、火、土五行，相互对应，构成了一幅"五行合配图"。"五行合配图"包含着古代先民"天人合一"的宇宙观。东方属木，木色为青，故名青州，也叫东方之州。古老的青州创造了灿烂的东夷文化。

虽然在去之前查过关于青州的一些资料，但没想到，当我真正踏上那座用青石铺成的古城时，它比我想象的还要美，还要令人留恋。在青州古城漫步，脚下是年代久远的、用长条青石铺成的大道，因年代久远而耀目光滑，和周围的建筑相映，散发着一种古朴而幽静的光芒。两旁商铺林立，大道游人如织，每走一段，就会出现一道高大的牌坊，有一门科第坊、尚书里坊、大学士坊、柱国坊、大宗伯坊等。每一座牌坊都有一段故事，每一个故事的主角都在曾经的辉煌里光耀门庭、意气风发。

明朝时，在青州城内曾有一座富丽堂皇、古朴典雅的衡王府。明朝灭亡后，衡王府被夷为平地。仅存两座造型宏伟、刻工精细的石牌坊。岁月流逝，历史沧桑。如今，只有石坊静静伫立在一所学校内，默默诉说着衡王府曾经的兴衰。

青州有众多的历史遗址，也有灿如星海的历史名人，李清照就是其中之一。宋徽宗大观元年(1107)深秋，李清照随同丈夫赵明诚一起来到青州，开始了"屏居乡里"的生活，在此度过了12年的美好时光。

以前，从没有把李清照和青州联系在一起，总以为她在某个溪亭日暮中饮酒赏花，在一滩鸥鹭中兴尽回舟。脑海中，总有一轮素月、一叶孤舟，衬着一个孤零零的倩影，随着历史的长河漂流。一句“一种相思，两处闲愁。此情无计可消除，才下眉头，却上心头。”字字珠玑，将相思情刻画得惟妙惟肖；一首《如梦令》，藏着多少胸中感怀；一首《声声慢》，说着多少国仇家恨……

微风动，落花香下的老故事，抖一抖，牵一牵，便抖出了心痛，牵动了心碎。此刻，我伫立在青州西湖边，回望千年前的风雨，恍惚看到了那个倚门回首的易安，那个立于秋风黄花中寻寻觅觅的女子。在这红肥绿瘦里，她不会想到，当她无限留恋地凝望着她的归来堂时，她和她的词永远高悬在了历史的星空。

青州之行，我执着于用我的方式去表达。看似分离，也是一种回归，那座已成回忆的古城，一直从远方流淌进我的心里……

行走千次的生命

我问烟花，时光老了吗？烟花不语，我的泪不尽。

——题记

“死亡是没有的，我已在生命中行走千次”，常常想起顾城《诗·生命》中的这句诗。于是也想起了自己的死亡。想起死亡，就想到了你。

很想问，如果我不在了，我说的是，如果我死了，在朝阳升起的清晨，在每一个夕阳西下的傍晚，你还会想起我吗？

仿佛没有了思想，大脑里充斥着灰白色，就这样一脚一脚地迈过浮华，踏过纷纷扰扰，走过一季又一季的沧桑。我只是这个世界的过客，只是一阵风一片落叶，我不知道脚尖的方向，看不清心里的思想，我不知道风在往哪个方向吹……

有时看着身边来来往往的人流，突然会生出一种绝望和无助，这种绝望和无助会紧紧攥住你的心令你无法呼吸。林语堂说过，我们最重要的不是去计较真与伪，得与失，名与利，贵与贱，富与贫，而是如何好好地快乐度日，并从中发现生活的诗意。也许，我还没到只剩下回忆的年龄，所以我总是在不经意间以晦涩的口吻把它们展示在纸上。好在这个季节，春风多了一些，春风多了，心就不会灰暗。

有人曾经问我，如果看不到确定的未来，还要不要付出。我只能说，有时在付出的路上，是清楚地看到了自己想要的，或者不想要的，有了这个收获，也就追寻到了结果。

每一条路，都有它不得不选择和跋涉的理由。我永远不够好，也不完美；日子不会哭泣，也不会微笑。可这又有什么关系呢？我哭是因为我真实，我笑是因为我乐观，我面对是因为我坚强，我努力是因为想拥有一个更好的自己。

所以，我释然。

静守文字如歌

雄安的夜，宁静而清幽。红酒一杯，临窗而立。暮色沉沉中，在清雅的小屋内，追思习文的岁月。

草青草黄，花开花落，事有可忆。在自己习文的岁月里，结交了许多画可成景、诗可谱曲的文朋诗友。有过对人性的迷茫，对友谊的质疑，对透过清纯文字所折射出来的龌龊人格的绝望。

曾一度痴迷双卿的词《凤凰台上忆吹箫·寸寸微云》：

寸寸微云，丝丝残照，有无明灭难消。
正断魂魂断，闪闪摇摇。
望望山山水水，人去去，隐隐迢迢。
从今后，酸酸楚楚，只似今宵。
青遥，问天不应，看小小双卿，袅袅无聊。
更见谁谁见，谁痛花娇……

也曾喜欢李白《长干行》里“郎骑竹马来，绕床弄青梅。同居长干里，两小无嫌猜”的纯真美好；曾向往《秋浦歌之十三》中“绿水净素月，月明白鹭飞。郎听采菱女，一道夜歌归”青年男女以歌传情。在渐行渐远的回望里，那些痛过的、哭过的，都演绎成了坚强；那些不忍遗忘的、念念不忘的，都风干成了风景。

生活的阡陌中，没有人改变得了纵横交错的曾经。好在，我喜欢旅行，喜欢寻找留在山山水水间的那份率真和清纯；喜欢在遥远的异乡的夜色中独行，细数江边的一盏盏渔火；喜欢在异乡的街头伫立，任凉凉的夜风渐渐穿透身心；喜欢在夜色下临海而坐，感受海浪逐波的缱绻，流浪的心像那片片飘舞的落叶，在清风中诉说自己千年的心愿……而人性的美丽与高贵总在不经意间，在回眸低首时跳入眼中，震撼着心灵。

于是我始终坚信人性的美好。我用文字书写着自己的孤独与伤痛、快乐与追求。从拿起笔，用心雕刻斑斓生活的那一刻起，我就知道，此生，我的生命里，永不会丢弃的，就是文字。

文字更是一座桥梁，是架起过去和未来的通道，传承文明，记载着人类的生活过程。它也让我们用更多的童心和天真，更多的责任心去感悟和记载历史的厚重。

在这喧闹的尘世，我们需要有适合自己的地方用来安放灵魂。也许，是一座安静的宅院；也许，是一本无字经书；也许，是一条迷津小路。心之所往，便是驿站，为了将来起程时，不再那么迷惘。红尘三千丈，念在山水间。生活，不总是一帆风顺。也许，有风有雨的日子，才承载了生命的厚重；风轻云淡的日子，更适于静静领悟。

此生，不可重新来过。独一无二的人生年华，每一个季节都是有颜色的。当秋雨催熟了果实，时光催长了年岁，细细品来，所谓文字，就是忙碌身影与淡泊气韵的相得益彰，是诗余旧景，落花飘零。纵使是夏末秋初，鸣蝉依旧声声，日光流火，心头仍然会存在令人心惬的凉意。

于是，管它“谁共欢欢喜喜，偷素粉，写写描描？谁还管，生生世世，暮暮朝朝”唯愿静守文字，过一世自己的流年……

从诗词看中国传统文化

中国文化源远流长，博大精深，诗词向来是以其阳春白雪式的唯美，吸引了无数虔诚的追随者，尤其是那些集作者思想、感情、智慧、创造力于一身的千古名句，虽历经千载沧桑仍熠熠生辉，从未被后人遗忘。

我喜欢诗词，喜欢每一个字所能代表的文学内涵，喜欢作者的每一次思考，每一次想象。当我沉浸在诗词的世界时，就会浮现出“碧云天，黄叶地，秋色连波，波上寒烟翠”的空灵山水，耳边回荡着“目送归鸿，手挥五弦”时的天籁之音，还有那“但愿人长久，千里共婵娟”的唯美意境，所有这些震古烁今的千古绝唱，都折射着词人的凌云壮志，记载着人世的悲欢离合，传达着文人的喜怒哀乐，渗透着他们对人生的体验和对社会的无限思考。

小时候我们读诗是学习，现在我们读诗更多的是一种精神上的寄托，是一种情怀。诗词是诗人心中无尽的言语，在他们的笔下，我们仿佛看到了各个朝代的繁华兴衰。

高晓松曾经写过一首歌，歌词里有一句：“生活不止有眼前的苟且，还有诗和远方。”其实，诗，就能给你带来远方，在古诗中，你就能领略到中国风景的秀美。

足不出户，你就能通过杜甫的《望岳》，感受五岳之首泰山的巍峨：“造化钟神秀，阴阳割昏晓”；通过李白的《望天门山》，感受天门山江水的汹涌气势：“天门中断楚江开，碧水东流至此回。”

诗是最美的语言，当你真正用心去研读时，你会发现中国诗词浩如烟海。每一首诗词都是诗人心底情愫的流露，是无尽言语的诉说。

从“关关雎鸠，在河之洲”的纯真质朴，到“路漫漫其修远兮”的上下求索；从“东临碣石，以观沧海”的雄心壮志，到“心远地自偏”的隐士风流；从“黄河之水天上来”的盛唐气象，到“帘卷西风，人比黄花瘦”的婉约缠绵。千百年来，中国人就是从这些意味无穷的诗词中得到滋养，生生不息。

一位历史学家曾说过一句话，几千年来，无论如何改朝换代、礼崩乐坏，但中国还是中国，就是因为传统文化没有断过。我们每一个人都矢志不渝地认为我们是龙的传人，这种对中华民族的认同感正是来自我们对中国传统文化的认同。所以要传承中国传统文化，可以从热爱诗词开始。而诗词自古至今都代表了那个时代语言的最高成就，比如《诗经》、《楚辞》、汉赋、唐诗、宋词、元曲。《红楼梦》里如果没有诗词，至少失去一半的光彩，可见诗词是中国各个时代文学形式的代表，是优秀的传统文化。

中国诗词有多美，中国语言就有多美，这就是诗词的力量。如果把人生看作一场旅行，那么诗词就是最便于携带的精神食粮。

岁月如歌

· 浪漫情人节

· 那段岁月

· 除夕感怀

· 鹤顶红

· 红红的雨花石

· 伙伴·池塘·大杨树

· 母亲·纺车·织布机

· 怀念父亲

· 婆婆

· 大伯

· 家有儿女

浪漫情人节

今天是2月14日，西方的情人节。

我见过很多人在情人节这天买玫瑰花，送给自己的女朋友，或者情人。不过送情人都是很隐晦的，不明说。问："是送给老婆吗？"笑曰："不是。"只是一看买花人的年龄，就知道是送给谁的。

人们对情人节的理解太狭义。情人节顾名思义，"有情人"的节日，并非"情人"的节日。没结婚的年轻人，买玫瑰花送自己的女朋友那是天经地义，然而结了婚的男人，买了玫瑰花却不送给自己的老婆，就让人对他另眼相看了。老婆，是陪伴他们一生的女人，是与他们互相搀扶共度余生的女人。她为你生儿育女，为你操持家务，为你容颜老去，在这个节日，她有什么理由不能得到一束玫瑰花呢？

去年的情人节，我看到一个十一二岁的小女孩在花店买玫瑰花。我很好奇，就问她为什么买玫瑰花。小女孩说她是给爸爸买的，然后让爸爸把玫瑰花送给妈妈。我很感动，这么小的女孩，竟然也知道用玫瑰花来加深父母之间的感情。

今天早上，我醒来，不见老公，正准备叫他，却见他走进卧室，神秘地走到床前，从身后拿出一朵玫瑰花，双手捧到我面前，还柔情地说了句："老婆，情人节快乐！"我惊喜地接过来。他说："九百九十九朵，虽然天长地久，但我相信眼前，只买一朵，对你一心一意。"我看着这朵娇艳的玫瑰花，心里满满都是感动。我没有买巧克力给他，于是，给了他一个紧紧的拥抱。

以前，我们对这个节日是不在意的，总觉得浪费钱，没什么意思。也不知从什么时候开始，每逢节日，我们都会互发信息，给彼此一个深深的祝福，我们的感情也会在彼此的祝福里变得更加深厚、浓烈。

"用我三生烟火，换你一世迷离。""我欲与君相知，长命无绝衰。山无陵，江水为竭，冬雷震震，夏雨雪。天地合，乃敢与君绝！"夫妻，如果仍有相恋时的那份热忱，那份激情，那么，谁还会说，情人节，只是情人的节日？

那段岁月

1995年至2006年的11年间，我一直在一个叫晋城小学的学校教书。这11年，是我人生中重要的11年。在那所学校，我从一个豆蔻年华的少女，成为一名少妇；从一名年轻的教师，成长为学校乃至全镇的教学骨干。那是我从教生涯中最自豪、最幸福的一段时光。

一　第一堂课

刚走上教学岗位的时候，我刚刚20岁。第一次站在讲台上时，教室里40个稚嫩的学生眼睛齐刷刷地看着我，眼神里透出新奇和喜悦。年轻老师，并且是只比他们大六七岁的年轻女老师，这让每个学生都很兴奋。那时候乡村的学生，上学年龄都比较大，看起来也比现在的孩子成熟。四年级学生，已经13岁了。

那时的我，一头齐耳短发，齐齐的刘海，穿着一条天蓝色的连衣裙，分明是稚气未脱的小姑娘。来之前，就听学校领导说，四年级一班是学校有名的难管理班级，对这个班的学生，不能给好脸色，给他们好脸色，他们就不怕你了，这样就更难管。所以，一进教室，我就板着脸，一副严肃的表情，准备第一次就镇住他们，给他们一个下马威。谁知还没等我说话，一个男生就站起来，大声喊："老师，你长得真好看！"话音刚落，教室里哄堂大笑。紧接着，学生有的就站在了板凳上，有的坐在了桌子上，敲桌子的，敲文具盒的，还有唱歌的，乱成一片。还有的学生干脆跑到我身边，拉着我的手，问这问那。

我一下子乱了阵脚。只听说这个班的学生调皮，可是这个阵势，却是我未曾料到的。看着眼前乱哄哄的场面，我的脸再也板不下去了，他们一个个谁看你的脸色呀！我大声喊："大家坐好！我告诉你们一个秘密！"话音刚落，教室里就鸦雀无声。我一看，还真有效，于是就继续说："想让一个严厉的老师来教你们吗？"教室里有了几分钟的寂静。一会儿，下面就传来叽叽喳喳的声音。"不要严厉的老师！""严厉的老师太吓人！""严厉的老师，不喜欢！""严厉的老师上课我就想睡觉！"我听着学生七嘴八舌的话语，又问："那，你们想让老师教你们吗？""想！"学生异口同声。我笑了，说："校长说了，要是你们听我的话，就让我教你们，要是你们还是老样子，就让一个严厉的老师来教你们！"这句话还真管用，孩子们马上鸦雀无声，端端正正地坐在那里。

我本性活泼，课余时间，就和女生们一起跳绳、踢毽子；上课时，我认真讲课，孩子们专心地听讲，踊跃回答问题，课堂气氛很活跃。学生有什么话都愿意对我说，我的话他们也听。到学期末，我们班的语文成绩在全镇名列第一，综合排名也从屡屡的学校倒数一跃成为全镇的第二名。这可是伟大的胜利。因此，我受到了校长的格外器重，就一直带着这个班，直到六年级毕业。

这批学生是我毕业后教的第一届学生。可以说，对这届学生，我倾注了自己全部的感情和心血。我和我的学生，同哭同乐，亦师亦友，在三年的朝夕相处中，建立了深厚的情感。

差不多在他们读高中的时候，有一年大年初一下午，我和老公回到学校，远远地看到七八个少男少女聚集在学校门口，不知是谁，也不知干什么。走到跟前，似曾相识。一个男孩，长得高高大大，很帅气。他微笑着对我说："水老师，你不认识我们了？"我再细细一看，原来是当时最调皮的王振华，还有魏晓妮、张丽娜、赵燕、李军、赵奋飞等。男孩帅气，女孩漂亮，我真是认不出来了。惊喜之余，连忙把他们带到房间，师生相见，欢喜之情无以描述。王振华说："水老师，都这么多年了，你还是那么年轻！"

我们师生一直畅谈到很晚很晚，才依依不舍地分别。从那以后，每年大年初一的下午，他们都会相约到学校来看望我，这个约定一直持续到他们参加工作。

二　来了新校长

我老公是2000年调到我所在的学校——晋城小学。那时候的晋城小学，教学环境和生活环境都很好，一栋教学楼，两栋教师宿舍楼，校园环境优美，有四五百名学生，共有教学班10个，算得上是当时的一所大学。

和我年纪相仿的女教师王青素、杨晓丽和我关系很好，放学没事，我们总喜欢待在一起闲聊。那天是开学的第一天，我们教师早早来到学校，等待学校领导开会，分配任务。王青素神秘地对我说："这学期新调来了一个校长，你不会不知道是谁吧？"我抿嘴笑了。这不是废话吗？自己的老公要调到哪里，我能不知道吗？"不会是你老公吧？"杨晓丽惊奇地说，说完拍手笑道，"那可太好了！"我心里也暗自窃喜，这倒不是因为我能在教学上得到什么照顾，而是因为，我们终于可以天天在一起啦，这才是最重要的。

其实我老公这个人，平时和蔼可亲，脾气好得不得了，可是在工作上却铁面无私。

有一次上自习，我安排好学生就到办公室去了，想倒杯水再到教室去。谁知我刚走没多久，两个男生打架，教室里乱作一团，喊声震天。等我回到教室的时候，我老公已经在我们班教室了。我偷偷看了一眼，只见他脸色铁青，一句话也不说，我们班学生都静悄悄的，谁都不敢再说话。

周一早晨的大会上，他点名批评了我们班，批评了我，还扣掉了我们班本周的流动红旗。我是这个学校的元老级人物，以前的校长可没这样对待过我。为这，私下里，我整整一星期没搭理他。他倒是笑脸相迎，从不管我的横眉冷对。晚上睡觉时，看我不理他，他就站在床前，要给我跳个新疆舞，笨拙地扭动着屁股，直到我忍俊不禁笑起来才罢休。基于这种态度，我想他下次应该不会那样让我下不来台吧，可是过后，我们班有什么违反纪律的事情，他还是照常批评我，毫不留情，和在家里简直判若两人。

就因为如此，我们学校的各项工作在全镇年年是第一，成了全镇的模范学校。他本人也得到了来自领导和同志的好评。

三 “非典”来了

“非典”那年，全国形势严峻，我们学校尤其如此。按照规定，每天早晨都要给学生测量体温。

有天早上，我给学生量完体温，登记一切正常后，就指导学生早读。这时，广播通知开会。我来到会议室的时候，全体教师都到了。只见老师们个个神色严峻，如临大敌。

其中一个老师紧张地说：“我们班学生，连续3天，个个体温在38摄氏度上下，是不是感染了？”“你看仔细了吗？重新量过没有？”老公问。“今天量了3遍了，都是这样！”这位老师神色凝重。同事们一听，都有些紧张，其他班都很正常，就这个班出现问题了。我的心也不由得沉重起来。这可不是闹着玩的！上级明确指示，坚决不能出现一例发热病症，如果出现，校长免职！一例就会免职，何况一个学校出现了一个班的学生发热，老公这个校长，看来真的是当不成了。老师们都在商量，要不不要上报这么多。老公说：“不能隐瞒，如实上报！我当不成校长是小事，学生们不能有事！”于是，学校的气氛霎时紧张起来，满校园都是穿白大褂的医生，一时间，闹得人心惶惶。当天，医生给学生量了体温，奇怪，又很正常，医生让第二天再量一次，如果还是发热，就要隔离了。

第二天早上，老公总觉得不对劲，就亲自到这位老师的班级测量体温。他过去的时候，这位老师还没开始，说正在给体温表消毒。老公往消毒的地方一看，只见这位老师拿着一个大缸子，把体温计放在里面正消毒呢，里面盛了满满一大缸热气腾腾的水！怪不得学生个个都在“发烧”！有拿热水给体温计消毒的吗？

不用说，这位老师在大会上做了深刻的检查和自我批评，老公也做了自我检讨，认为自己没有起到监督作用，以至于闹了这么大一个笑话。

四　罢课

六年级第二学期的时候，由于身体不好，老公不想让我再带六年级毕业班，一是怕我身体吃不消，二是精力有限，怕耽误学生升学考试。尽管我舍不得教了三年多的学生，但是为了自己，也为了我的学生，只好忍痛割爱，重新带三年级语文，六年级班的语文课兼班主任让冯老师接替。

本以为这是个简单的问题，学校决定就行了，但是不然。从宣布调整老师的那天起，六年级的学生就出现了反常情绪。上课不听讲，就连学习最好、最听话的赵培都不学习了，上语文课睡觉，不做作业，课堂纪律一塌糊涂。

学校就此事专门进行了研究，最后一致决定，让冯老师严加管理，认真备课、上课，争取把学生的逆反思想扭转过来。冯老师费了九牛二虎之力，但收效甚微。有一次，他沮丧地对我说："水老师，你干脆还教你的六年级语文得了！你那班学生，我真是领教了！"

一个礼拜天的下午，老公陪我散步，刚走出校门，一群学生挡在了我们面前。我一看，这不是我那些闹"罢课"的学生吗？只见平时最不爱说话的魏红眼泪汪汪，站在那里，也不说话，一个劲儿地抹着眼泪。另外两个男生怯生生地看了老公一眼，没敢说话。还是赵培胆大，她径直走到我们面前，大声说："校长，你为什么不让水老师继续教我们？"

老公一愣，说："你们水老师身体不好，等她身体好了，再教你们，好吗？""老师身体好了，我们就毕业了！"一个男生小声嘟囔。"老师什么病？我二爸是医生，到我二爸那里去看病！不要钱！"另一个男生说。

我看着这些可爱的孩子，心里很感动。但是，不能让他们再这样下去，再继续这样的话，他们的学习会受到很大的影响。学生们就是不让我们走，非让老公同意不可。没办法，老公只好说："这样吧，你们先回去，星期一给你们一个答复！"孩子们这才喜笑颜开地回家了。我问："你给他们什么答复呀？"其实我满怀希望，还是想让他同意，让我把这个班的学生带到小学毕业。老公说："我的答复是，不可能！"我叹了口气。实在没办法，谁让自己的身体不好呢？

后面的几个星期，我协助冯老师，共同做学生的思想工作，慢慢地，孩子们的思想转变了。最后，这场风波终于平息了，孩子们安心地学习，顺利地升到了初中。

五　下象棋

我和老公以校为家，所以，平时就住在学校。每天下午放学，学校的老师都回家了，我们俩就会在房子门前的花坛旁边下象棋，一盘棋50块钱，谁输谁掏钱。

我水平一般，老公的水平高，所以每次都是他赢。看着我噘着嘴不服气的样子，他就特别高兴，一边笑还一边幸灾乐祸地取笑我："你呀！臭水平，一点没长进。"我不服气，缠着他再下，他只好和我再下一盘，赢了还差不多，要是输了，我就不依不饶，继续缠着下，直到把我输的钱赢回来为止。本来指望他能让着我，好让我赢几盘棋，挽回点面子，谁知他也是个不服输的人，就是不让着我，眼看着把我杀得落花流水，他就拿着赢我的钱，在那里咧着嘴笑。慢慢地，我摸着了他的棋路，就改变了自己的招数，换着办法地对付他。终于，我连赢了三盘，扬眉吐气了！端起茶杯，我喝了一口，得意地斜着眼看他。这下轮到他不服气了，非要和我再下一盘。外面天色已晚，我们就挪到房间，坐在床上继续下棋。一直对决到凌晨3点。

回想起那时的点点滴滴，心里总是充满着欢乐和感动。我的可爱的学生，我的讲台，我的欢笑，我的泪水，我的成功和失败，无一不记录在这所学校里。它见证了我的一切，是我最重要的一场经历和人生中的宝贵财富。

除夕感怀

每年的除夕夜，我都会早早做好年夜饭，包好饺子，把家里收拾好，坐在电视机前等着看春节联欢晚会。

“春晚犹如鸡肋，食之无味，弃之可惜。”这是现在人们对春晚的评价，可是我却喜欢。看春节晚会，一直是我除夕夜雷打不动的节目。无论是唱歌、跳舞，还是相声、小品，我都无一遗漏。我喜欢那种气氛，喜庆的、欢乐的、祥和的气氛。那种气氛，才叫“过年”。

看春晚，好像也不是刻意想看谁或者看谁的表演，只是一种心情、一种习惯，习惯了它的热闹场面，习惯了它的陪伴。没有它就没有了年味，没有了过年的气氛。从第一个节目，一直看到最后一个还意犹未尽，总希望春晚能长一点，再长一点，似乎晚会的结束就意味着新年的离去，这对我来说，是很遗憾的事情。所以，看春节晚会，我是全家最专心、虔诚，也是最积极的一个人。

除夕夜包饺子，也是我喜欢做的事情之一。那是一种喜悦、一种满足，把全家团圆、健康、快乐的祥和气氛包进饺子中，在来年里，全家人就会平平安安，健健康康。刀在案板上发出的声音像美妙的乐曲，电视里喜庆的音乐回荡在家的角角落落，贴对联、贴福字，家里处处洋溢着幸福和欢乐。

零时放鞭炮，站在窗前，隔窗欣赏那些绚烂夺目的烟花，真是一种享受。蒲城人放鞭炮，那可真是“大手笔”。我们小区，几乎家家都在放烟花，一家放完另一家放，璀璨夺目的场面足足能持续一个多小时。“火树银花幻是真，除夕月朗艳阳辰。飞红无限休和象，散作人间满地春。”那升腾而起的烟花是那样绚丽多彩，有“紫葡萄”“旋转火龙”“满天星”“金如意”等，绚丽多彩的烟花与声声爆竹交相辉映，将节日的夜晚装点得热闹非凡。

其实我并不喜欢过年。过年，也就意味着又老了一岁，会感叹年华不再，青春易逝；会怀念过去，伤感岁月的无情。今年尤其伤感，因为又添了对父亲的深切怀念。但是，无论愿不愿意，新年还是如期而至，我无法抗拒。所以，除夕夜就成了去岁和明年间隙间难得的一次心灵安慰。在这个间隙里，我可以不必感叹去岁的遗憾，给心灵一个独自栖息的空间。

在这样一种心境下，即使曲终人散，烟花散尽，新年的钟声敲过，也可平静地细数岁月，继续我们的流年。

鹤顶红

花是人人都喜爱的，我也不例外，家中有大大小小好些绿植，其中开花的倒也不少，但大多叫不上名字。我只是爱花，并不想搞清楚花的名字，只要心里喜欢就行。

小妹送的这盆绿植自然也叫不上名字，只是看着绿绿的就搬了回来，顺便往阳台上一放便不再理会，如此快一年了。

经历一冬，这盆绿植竟长得很茂盛，叶子也很长了，呈椭圆形。从中间抽出两条绿箭，每条绿箭的顶端都挑着一个含苞待放的花蕾，傲然挺立在那里。这分明是要开花啊！

春节刚过，元宵节还未来临，刚刚体味到春的气息，这盆绿植就迫不及待地展现出自己的美。我欣喜异常，用喷壶给上面洒了些水，在阳光的笼罩下，这两苞花蕾显得生动异常。

这天有事早早出门了，待晚上回家，一眼便望见早上还含苞待放的花蕾此刻竟热烈地怒放着。顾不得脱鞋，我跑了过去，兴奋极了。

这可是我亲手养的花，并且开花了。我按捺不住喜悦，用手机多角度拍了下来，并附诗发在朋友圈："红花妖娆渐次开，逢春心绿映满怀。雅室闻香青花梦，自有蝴蝶入境来。"

看来喜欢花的人真不少，不一会儿，友人的评论接踵而来。

"好诗好雅境！读后，清风扑面，沁人心脾，浮想联翩，感同身受，让人体味春的美好。"一个军人朋友发来消息。

"好雅兴！"当警察的同学发来。

"良宵红烛胭脂烈，邻家白鸽枝头歇。两树玉兰隔墙笑，谁人识得花与叶。看到水菱老师精心培育的花，恰下午看到两树玉兰，附诗一首。"文友也雅兴大发，和诗助兴。

细品着茶，看着这一条条温暖的信息，如春风拂面，我嫣然一笑。看来，如我般雅兴者甚多呀！

"此花名对红，花苞像鹤头，所以也叫鹤顶红，普通，但吉祥喜庆。"此时，一位诗人朋友发来这条信息。

鹤顶红，好美的名字！"绿箭傲然立长空，长叶繁茂绕阶行。携手朝阳对望眼，枝头怒放鹤顶红。"我在文友的诗后又写上这四句话做回应。

在花盆旁流连，我脑海中浮现出丹顶鹤的样子。丹顶鹤一身洁白的羽毛，脖子和翅膀边却是黑色的。它的头顶就像镶嵌着一颗红宝石，鲜红鲜红的。这绿箭多像丹顶鹤长长的脖颈，而箭顶的对红，又多像它头顶镶嵌的红宝石呀！

花已开，此刻才知道花的名字，朋友笑我，我一笑了之。生活中有美相伴，即便不知美从何来，身心愉悦了，倒也是件好事，知名字倒在其次了。

不知为何，我愈加喜爱这株鹤顶红，尤其在知道它的名字后。只看花苞，你绝想不到，当它开放的时候，竟然一左一右跳出两个花蕾，那红色浅浅的，若隐若现。也不是同时盛开，总是先开一朵，另一朵在几天后随即怒放。那花状如喇叭，从开放的花中伸出长长的红色丝状的线，而线的最前端挑着紫色的坠子，坠子向下垂着，悠悠地晃，灵动极了。但只过一日，那紫色的小坠子就变成鹅黄色，愈加鲜嫩，并且向上翘起，于倔强中带着几分调皮。而此时的颜色更加鲜亮，那红色也变得极其绚丽，两个挺拔的绿箭更加骄傲，愈发挺直了身躯炫耀着自己的功劳。

在第一朵盛开后的两天里，我眼看着另一朵花蕾渐渐鼓起直至盛开。那种开放是突然的，每分每秒地看它，眼看它即将盛开，却在你不经意回眸时婀娜地绽放在那里。

我拿着相机反复拍，总想留下它美好的瞬间，可最终也没有满意的。此刻才痛恨自己平日没有好好学习摄影，所以总也拍不出那种妖娆美好的姿态。干脆把相机一放，回头瞧那怒放的花，比画中景更加美妙。于是释怀，又端茶品茗，赏花怡情，恬然而笑了。

红红的雨花石

“雨儿轻轻飘，心儿似火烧，那是谁的泪，在脸上轻轻绕……我是一颗小小的石头，深深地埋在泥土之中……”每当听到这首歌，我总是被深深地吸引，那五彩斑斓、晶莹剔透的雨花石就会出现在我的脑海，令我魂牵梦绕。

雨花石得名，源于一则神话传说。传说古时雨花台上有一座雨花观，雨花观中有一位雨花真人。雨花真人端庄睿智、深藏若虚，他经年静坐而绝少宣道，仿佛自己就是一部经书。一天，雨花真人开坛讲经。微言大义，悬河流水，探本溯源，咳唾成珠，品格和智慧的魅力震撼了众多百姓，感动了诸神，欢悦之中诸神命令降下一场五彩天雨。五彩天雨纷纷落下，泠泠雨水敲击在雨花台上，变成一粒粒雨花石。

自小喜欢幻想和做梦的我，从此对雨花石情有独钟。很早很早以前，那应该是我还是一个孩子的时候，看了一部电视剧，名字就叫《红红的雨花石》。它讲述了一个穷人家的孩子在旧社会受尽苦难，最后在地下党的指引下，踏着倒在雨花台上的革命烈士的足迹，终于成为一名光荣的新四军战士，收获了一份凄美的爱情，最后为正义和真理牺牲在雨花台上。

现在所说的南京红红的雨花石，传说就是被烈士的鲜血染红的。

这个故事深深地感染了我，剧中动人的爱情故事使我对雨花石有了更真切的认识，因而更加痴迷，常常因此而泪流满面。爱情，永远都是打动我的最美丽的话题。

很多年过去了，我对雨花石的向往始终没有停止过。20年前，去南京出差，专门到雨花台买了些大大小小的石头回来。我爱不释手，闲暇时，总会打开痴痴地看。学校的老师和同学、朋友，来家串门时，发现我桌上摆放着鲜艳炫目的石头，都惊喜地叫，有的甚至毫不客气地据为己有。我连忙把自己最喜爱的墨绿色的雨花石藏起来，但是终沦为“他人之物”。

遗憾之余，也无可奈何，不过自己心爱之物能给他人带去快乐，并且能得到别人的欣赏，我还是很快乐的。于是就盼望下次去南京再带些雨花石回来。

可是这个愿望始终没有实现，我一等就等了20年。

前几天，老公到南京出差，带回一大堆大大小小晶莹剔透的石头。知道我对雨花石情有独钟，所以刚到家就拿给我。我惊喜地接过，心中的喜悦和感动无以言表。坐在卧室的地上，我仔细地看着。如今的雨花石，不是传说中的单纯的红，它色彩绚丽，精巧绝伦。红是纯粹的红，绿也是纯粹的绿，还有蓝的、白的……

我用石头在玻璃上一划，玻璃上立刻就被划出一道深深的印痕。它质地坚硬，于是早已被赋予一种含义，代表着一种不屈不挠的精神，象征着坚贞的情感，纯美而神圣。

我不由得想起雨花台上无数倒下的烈士，想起了那个血雨腥风年代里的凄风苦雨，想起了与雨花台有关的那个凄美的爱情故事……

我的泪轻轻滑落脸颊。

也许人间纯真美好的爱，不是相濡以沫时的温馨，也不是相忘江湖时真切的怀念，应是心心相印时的真诚，相视一笑中的默契，无奈分离时的苦楚，短暂分别时的思念，小别重逢时的欣喜，患得患失中的无奈。

我用手轻轻捧起雨花石，一种舒服的凉凉的感觉传遍全身。我凝望着它，觉得就像凝望着爱人的眼睛。晶莹剔透的雨花石，不仅仅是象征真理和正义的石头，它更代表着爱与幸福。

如果相逢是首歌，那我最要感谢曾经在我生命中出现过的雨花石。是它，使我珍惜生活的美好，使我如此深深地眷恋着这个世界，并且使我相信，世间最美最纯的情感，都需要用爱去浇灌，用心去滋养，朝朝相知，暮暮相恋，直到永远！

伙伴·池塘·大杨树

每当回忆起童年，清晰留在记忆中的，依然是外婆家村头那个清清的池塘，那棵古老神秘的大杨树。童年啊，尽管已经远去，池塘戏水、杨树下玩耍的快乐时光却如冬日日渐稀少的雪花一样弥足珍贵，总让人在悠长的岁月里回味……

我的童年是在外婆家度过的，这似乎和很多人一样。不过我在外婆家度过的那段童年时光，却亲身感知了人间的生离死别，咀嚼着岁月强加的那份苦楚和忧伤，以至于从那以后的许多年直到今天，依然会清晰地记得那个场景。

我的童年和海晶、海燕一起度过。海燕是外婆家左邻的女儿，海晶是外婆家右舍的女儿，我们三个一般大。听母亲说，那时候家里太穷，只好把我放在外婆家。母亲在弟妹中排行老大，她出嫁后，我的三个姨和两个舅舅都还没有成家，因此外婆家劳力多，吃穿不愁。又因为我是外婆的长孙，所以也受到了全家人格外的优待和疼爱。总的来说，我的童年过得无忧而快乐。如我一般快乐的，就是海晶和海燕了。

那时，村外有个池塘，池水清清，池塘边还有绿树环绕。每到夏天，村里的小孩都偷着下水玩，到了吃饭时间，一个个又在家人的呼唤声中赶紧回家。

我们三个第一次下水是在一个夏日的午后，其他小孩回家吃饭的时候。那天小姨正在院子里用毛巾擦洗过的头发，我忽然从门缝中看见一双圆溜溜的眼睛，是海燕！趁着小姨进屋的功夫，我打开门和海燕一溜烟跑了，偷偷叫上海晶去池塘边玩耍，对身后小姨的呼唤毫不理睬。

海燕在我们三人中是胆子最大的，其次是海晶。所以来到池塘边的时候，海燕脱掉鞋，直接下到了水里，坐在一块干净的石头上。这块石头离岸不远，所以水也不深。

海晶看了看她，又看了看我，说："你敢不敢下？"

我看着池塘里因为海燕下水而荡起的一圈一圈的小圆晕，胆怯地说："不敢。"

于是海晶不再理我，脱掉鞋，穿着短袖短裤，顺着池塘边浅浅的水摸到那块光滑的大石头上和海燕坐在了一起。看着她俩用小脚丫快乐地撩着水，我的心也有些痒痒了，于是鼓足勇气脱掉鞋子也下到了水里。这是我第一次下水，起先有些胆怯，随之而来的凉爽感立刻传遍全身，胆怯被新奇代替。她俩看见我终于下水了，都高兴地朝我招手。水真的不深，刚刚没过我的膝盖，我学着她俩的样子顺着边沿慢慢走，终于也坐在了那块石头上。于是，三个小伙伴用脚丫子欢快地扑腾起水来。也许有点太得意忘形，我屁股下面一滑，突然从石头上溜了下去，稳稳地坐在了池中，而池中的水，刚好没过我的胸部，闷得我喘不过气，还不小心喝了几口水。

我吓得哭了起来，高高地仰着头生怕再被呛着。海燕看见我掉进了水里，坐在那里吓傻了，一句话也说不出来。海晶也吓哭了，在哭的同时还不忘用两只小脚紧紧夹住我的胳膊，我连忙抓住她的双脚不放。

我们的哭声传到了路上，跑过来几个大男孩把我们三个背上了岸，然后就笑话我们说，女孩子下水不嫌羞。这时小姨闻讯跑了过来，她看见我这个样子，吓得脸色发白，海燕和海晶的妈妈也赶了过来，于是我们仨被各自领回家。晚上，我坐在外婆家院子里吃西瓜的时候，听到从海燕家传来的哭声，小姨吓唬我说："看，海燕妈打海燕呢，要是再下水，非把你屁股打烂不可。"我没听见海晶哭，心想她可能也和我一样边吃西瓜边听妈妈的训斥吧。

后来我们又偷偷下了几次水，当然了，肯定也被家里人打过屁股，不过偷偷下水玩耍的快乐依然具有诱惑力。

村子的那棵大杨树离池塘不远，不知道有几百年了，满身斑驳的痕迹，要十几个人才能合抱得过来。大杨树的树身有一个大黑洞，能藏进去人。有时候玩捉迷藏，海燕和海晶就会藏进去让我找。

我生性胆小，从来不敢近前看，总觉得那个黑乎乎的大洞会一口吃掉我。宁愿站在大杨树下面，任她们在里面大声喊，我就是不过去，捉迷藏的游戏往往是以她们主动出来而告终。

秋天的时候，黄叶飘落一地，踩上去沙沙作响，仰头看，树上的叶子依然密密的，看不到天空。我们就会跑到树下，捡拾被秋风吹落的黄叶，用针线一片片串起来，比赛看谁串得长。然后，我们就拉着长长的黄叶转圈圈跑，欢乐的笑声透过密密的树叶一直传到秋日湛蓝的天空中。

这个世界真的有巧合,或者命中注定,反正我固执地认为海晶的死和那棵大杨树的洞有关系。如果我那天不送她们,如果送了她们后不去捡黄叶,不让海晶钻进树洞,钻进树洞后不折断里面的树枝……也许一切就不会发生,那么海晶就不会死了。虽然这种想法在海晶死后外婆不断纠正说是因为她得了一种病才死的,可是我就是不相信。

外婆家离我家只隔一条公路。只要我想回家,她俩就会送我到水渠边,然后我再送他们回去,她们再回头送我。那天,我们三个人来来回回互相送了三次都舍不得分手,第四次我把她俩送到村口大杨树下的时候,海晶说咱们不如捡黄叶吧,如果我捡得少,今晚就住在外婆家不回去,海燕拍手赞成。

于是我们都低着头绕着杨树捡叶子,看不见人影,捡一片就大声数一个数。数着数着,听不见海晶的声音了。我手里攥着一叠树叶抬起头,看见海燕坐在地上专心地数着。我喊:“海晶!”没人答应,我又喊了一声,还是没人答应,海燕听见喊声抬头看我,看着看着,她突然指着我叫:“菱菱,海晶在树上呢!”我回头去看,没看到海晶的人,只有一根快断的树枝吊在我身后一根粗大的杨树干上。这时突然听见海晶叫:“快来呀,看我找到啥了!”那声音分明是从树洞里传出来的。我俩扔掉手里的叶子都跑了过去,只见海晶手里拿着一根折断的树枝,树枝上有一朵绚丽的小花,她站在树洞里举着树枝朝我们笑。我看着黑黑的树洞,突然打了个寒战,因为海晶身后,树枝折断的地方,流下一道红红的东西,像血。

那天晚上我没回去,住在了外婆家。因为只有我的树叶捡得少。

晚上，我被外面的哭声惊醒。睁开眼睛，屋子里一个人都没有，外婆和大姨小姨她们都不在。我跳下炕，光着脚跑到了院子里。只见大门开着，大姨、小姨站在门口不知干什么。看见我过来了，小姨蹲下身子悄悄说："海晶死了，可不许看，小孩子不能看。"

现在想不起来当时自己听到这个消息时是一种什么感觉了，只记得那晚很黑，海晶妈呼唤海晶的声音让人听了毛骨悚然。朦胧中两个人抬着一个窄窄的床板，床板上一个小小的包裹样的东西静静地躺在上面，她妈妈被人搀扶着，哭得上气不接下气。当路过外婆家的时候，大姨点着了一堆火，小姨捂住了我的眼睛。我使劲睁开眼，从小姨手指的缝隙里，透过火光依稀看到，那席子上面躺着一个小小的人，她那么小，就像一个刚出生的婴儿被裹得严严实实。

哭声渐渐远去，火也熄灭了。小姨放开蒙着我眼睛的手准备拉我回去。我突然一口咬住了她的手指头，她疼得大叫。我松开口哭了起来。

那几天我一直不说话，看谁眼睛都直直的，也没有看见海燕，不知道她伤不伤心，是不是也和我一样着了魔。

后来，母亲到外婆家把我接了回去，当父亲骑着自行车路过那棵大杨树的时候，我"哇"的一声哭了起来，鼻涕眼泪糊了父亲一身。

长大后天各一方，海燕如今远在内蒙古，前些天联系上了，心里很高兴，又聊起童年往事，聊起海晶，无限感慨涌上心头。我问她那棵大杨树最后怎样了，她说不知为何枯死了，随后，隆隆的机器声把它碎为粉末。

母亲·纺车·织布机

最近总喜欢回忆童年，想起那树，那水，那菜园子，那月光……还有当我的手抚摸着手织的布时，那种舒服的感觉让我突然想起了小时候母亲的纺车和织布机。

母亲纺线总是在夜深人静，这种情景一直伴随着我的童年和少年时代。我在她的纺线声中入眠，深夜醒来，萦绕在耳边的，依然是亲切的“嗡嗡”声。不用抬头看，就能想象出母亲专注的神情。

那时还小，不懂得地里种的棉花和穿的衣服的关系，总觉得自己家种棉花只是为卖的，卖的钱可以为自己买来新衣服。于是在放学后的空闲或者礼拜天，就很积极地和母亲一起到田间摘棉花。她腰上绑一个大布袋，把开得雪白的棉花蕊摘下来放进布袋里，待到装得满满的，就走到地头倒进一个更大的口袋中，等地头的大口袋都装满之后，父亲就拉着架子车接我们回家。到棉花开盛了，在田里摘棉花蕊太慢，就直接连棉壳一起摘回家倒在空房里慢慢剥。

那时候也不明白母亲纺线干什么，棉花怎样就成了母亲手中的小棉卷。等到稍大一些，才知道要纺棉花（又称纺线），就要先种棉花。秋天摘下棉花后，要去轧棉花，把棉花里的棉籽去掉；再用弹棉花机或弹棉花弓把棉花“弹熟”，这时就可以纺棉花了。纺棉花前，要先把弹熟的棉花搓成一根根小棉花卷。纺棉花时，用右手摇动纺车，左手拿小棉花卷在不停旋转的“锭子”上抽出棉线，然后轻轻地向后拉，使棉线不断地变长。待到左手向后拉到不能再拉时，摇纺车的右手要停一下，并往回倒转半圈，以使左手拉着的棉线从锭子尖部卸下来，左胳膊向上一抬，再往前一送，随着右手摇动纺车，这条线就缠到了锭子上。以上的动作不停地反复，锭子上缠的线渐渐增多了，就会变成一个大线团。这线团叫“穗子”。母亲纺出一个个穗子后，使用“拐子”拐线，用面浆水浆线，用络车络线，再经布、运布、织布……最后，用织布机织出一块块美观耐用的棉布。

听起来就头疼，然而母亲却乐此不疲。那时候父亲拉二胡，母亲纺线，我和妹妹下象棋，一家人其乐融融，这是我对童年家庭生活最美好的记忆。

农闲时，村里的妇女都把自己的纺车搬出来围在一起，边叽叽喳喳地说笑，边嗡嗡地纺线。母亲当然也不落后，而我在这时候总会跑回家替母亲拿小棉花卷。女人们手中翻飞的棉花卷儿忽上忽下，白得耀眼。纺车发出的声音不尽相同，交合在一起，听起来分外美妙。母亲总是纺线最快的一个，一下午，我会跑回家两三趟，替母亲拿棉花卷。坐在母亲身旁，我会出神地望着她的手，小小的脑袋里总是想不通，那细细的线怎么就会从棉花卷里面抽出来并且缠绕在锭子上一点也不会断。

我曾经也试着纺线，可是总也抽不出棉线来，不是拧成绳抽不动就是刚刚抽出就断了。看来这纺线也是需要功底的。

等到穗子积攒到能够织一机子布的时候，母亲开始用拐子拐线，浆线，晒干后用络车络线，络好后就开始经布了。经布是需要人帮忙的，从经布到运布再到织布，母亲会请邻家婶婶帮忙。五彩的线长长地拉开，母亲和帮忙经线的人忙碌着，那场面很壮观。这种场景一直定格在我的脑海，想起来内心总是涌起对美好童年的无限眷恋。

一切准备工作做好后，经好的线在织布机上搭好，就开始织布了。

母亲开始“当户织”，我也开始了“唧唧复唧唧”不绝于耳的日子。织布机在空房里，夜晚声音显得分外清晰。有时候半夜醒来依然能听见织布的声音，这时我总会揉着睡眼起身来到外屋，看母亲坐在织布机上专注地忙碌着，手中的梭子熟练地来回穿梭。

那时候织出的布叫土布，我们习惯叫粗布。母亲织出的粗布有白布和花布。白布可以做被里子，花布可以做床单、衣服。家里的床单全是母亲织的粗布，图案经纬分明，色彩搭配美观大方。躺在粗布床单上，盖着棉棉软软的被子，洁白的被里子紧贴着脸颊，我总会做一个个香甜的美梦。

记忆里，自己穿粗布衣服倒不是很多，小学时穿过几次。有一次，母亲给我做了一件“疙瘩布”上衣，我背着书包很骄傲地上学去了，伙伴们都很羡慕我有了一件新衣服，那时不懂得粗布和洋布的区别，只要有新衣服穿总是高兴的。初中以后，同学们都穿起了洋布，觉得花花绿绿很是好看，母亲也不再给我做粗布衣裳了，总是扯几尺洋布，给我做成好看的上衣或裙子。

后来，粗布床单不知不觉被洋布床单代替，被子也被套上了好看的洋布被罩。但是，睡觉时，我再也没有了那种亲如肌肤的感觉，睡觉变成单纯的睡眠，那种亲切的感觉再也没有体验过。

也不知从什么时候起，母亲不再纺线，也不再织布了。纺车和织布机被放置在一间黑房子里，除了进屋拿东西看一眼外，没有人再会想到它。

如今，家里的旧房几经翻盖，早没有了从前的印记，母亲的纺车和织布机也完成了自己的历史使命，以静默的姿势永远留在了记忆最深处。

也许岁月就是用来寻觅的，寻觅来的时光更具诱惑。经历了世事变迁，看惯了人情冷暖，当身体和心灵经受了万般洗礼和磨难后，那种最初的纯真感觉总是弥足珍贵。

于是，又想起了母亲的纺车和织布机。重新看到它们的那一刻才知道，原来寻寻觅觅想要的，一直是浓浓的亲情和纯朴浓郁的乡土气息。走过许多山山水水，然而内心总有一种怅然若失的感觉，总是在不经意间回想起母亲纺线织布的情景，那些不眠的日日夜夜，母亲不知把多少爱纺进每一块布中，每一根线里。

抚摸着纺车，坐在织布机上，似乎又重新找回了童年的时光。我仿佛看见母亲坐在纺车前专注地纺线，织布机唧唧的声音犹在耳边……

怀念父亲

对于歌唱父亲的歌曲，我从没有认真听过。这几天却尤其爱听，更喜欢回忆和父亲在一起的点点滴滴。今夜，雨打窗棂，听着歌曲，泪水充盈了眼眶……

父亲节到了。这个我从来没有概念的节日，自父亲去世后却无比沉重地压在我的心头。我从来都没有对他说过“父亲节快乐”！总觉得这种问候太过于刻意，然而他走后，我的心时时被强烈的后悔和思念吞噬着，不能自抑。

此刻，好想对他说一句：“父亲节快乐！”然而，他永远听不见了……

父亲是一个平凡的农民。幼年时父母便双双去世，撇下兄弟姐妹五人。父亲归大伯抚养，小姑归二伯抚养。父亲只比大伯的大女儿大四岁，小学二年级就辍学在家，带领着侄子、侄女到生产队干活挣工分。

记忆里，我似乎更爱父亲一些。小时候，只要从学校回家，我第一句话就问："我爸呢?"得到确切的回答后，我就会一溜烟跑去找他。时间长了，母亲就吃醋，有一次我又问她时，她生气地说："你不会陪妈啊，老是问你爸。"

父亲对于我的要求，从来是有求必应。小学四年级时，从课本上看到一个小姑娘围着一条绿色的围巾，很羡慕，也想有一条那样的围巾。于是，父亲用自行车带着我，跑遍了附近的村镇，终于在离家20千米的蒲石火车站商店找到了这条围巾。那时的蒲石火车站很繁华，每年春节到姑妈家拜年就成了我们梦寐以求的事情，因为可以去商店用压岁钱买许多自己喜欢的东西。当父亲把围巾围在我脖子上时，看着我高兴的样子，他心满意足地笑了，似乎给自己买了一件称心如意的礼物。

小时候家里很穷，冬天，父亲就从大荔贩回花生，晚上架口大锅，里面放上半锅沙子，母亲用柴烧火，父亲用大铲子翻炒花生。第二天天还没亮，他就骑着自行车，将花生带到大荔县去卖，挣点钱贴补家用。而我和妹妹就会半夜偷偷从房间溜出来，把书包塞得满满的。母亲不让我们拿那么多，在我们睡觉时，就会从书包里掏出来很多花生，只给我们装一点点花生。父亲看见后，又会偷偷给我们装回去。

父亲是急性子，尤其在农忙的时候。那时他就会感叹自己没有儿子，没人替他干地里的活。小时候我们不知道，长大了，就会在他面前谈起这个话题。妹妹说："老头，你还嫌我和姐姐是女孩，要是俩儿子，你现在还在拼命干活呢!不在城里买房，谁给你儿子做媳妇?"父亲眯着双眼看着我们乐呵呵地笑着，也不辩解，只说一句："我这俩闺女长得就是好看。"

父亲虽然脾气不好，却从没有动过我们一指头。母亲说：“你爸呀，这辈子老是朝我乱发脾气，现在总算有人能管住他了。”

母亲体弱多病，从我记事起，总是和医院打交道。听小姨说，母亲常常晕倒，父亲就会拉着架子车，步行几十千米，到县医院给母亲治病，家里的钱基本上都给母亲治病了。我的记忆里，满是父亲奔波劳碌的背影和母亲满脸的病容。长大后，妹妹没有考上大学，父亲总是很内疚地说：“耽误我娃了，没钱让你上大学。”而妹妹“大度”地说：“没事，老头！我现在有140多平方米的办公室，还领着两个帅哥上班呢！”她说的是自己家，两个帅哥是妹夫和外甥。

父亲身体很健壮，从没感冒过，更别说住院了。我和妹妹成家后，总是让他检查检查身体，可他就是不去，说自己什么病都没有，不用检查。我们拗不过他，只好作罢。

有一次妹妹打电话，说父亲突然肚子痛，我们赶紧把他送到医院，检查结果出来，我简直不敢相信自己的眼睛。我那健壮的、从来没有得过病、只有62岁的父亲，竟然是癌症晚期！这怎么可能？我们不甘心，又到西安肿瘤医院检查，结果一样。突然间，我感觉天塌地陷，想不通，这样悲惨的事情怎么会发生在自己身上，那应该是电视剧中才出现的！

那段时间，我不知道该怎样平复自己的心情，一面承受心理的痛苦，一面在父母面前强颜欢笑，生怕他们看出一点点蛛丝马迹，对治疗不利。

妹妹痛不欲生，她在父亲面前开着玩笑，总是把父亲逗得喜笑颜开，心情舒畅，可是和我在一起时，哭得肝肠寸断。如果可以，我愿折寿十年，换取父亲的安康！

在医院的那段日子，现在想起来，父亲的意志是多么顽强，他从没有放弃过对生的渴望！这种意志在当初我们浑然不觉，现在想起的时候，那种无法拯救父亲的无奈和深切的悲哀常常吞噬着我。

父亲的肝脏已经完全坏死了，没有经历过的人，是无法感受那种剧烈的疼痛和烧灼般的痛苦的。我们没有告诉过他病情，他也从来没有问过我们，只是每天坚持吃药、打针。有时候请求医生改变诊治方案，说他那样感觉会好一些。我们在医院的冰箱里，不停地冻着冰块，不停地给他喂着，以减轻身体的烧灼感和呕吐情况。整夜整夜，我不敢合眼，生怕一睡着，没有喂冰块，父亲的痛苦就会加剧。听着父亲剧烈咬碎冰块的声音，我只有扭过头，偷偷地掉眼泪。转过身时，又强迫自己平静如初，不敢流露一丝的悲伤。

永远也不会忘记，在父亲最后的几天里，当他的主治医生来查房时，他满眼渴望地看着医生，复杂而无奈地说："医生！我求求你……"求医生什么，他却再也没有说。父亲说那句话时，一定清清楚楚地知道了自己的病情吧，他多么想看到医生肯定的眼神，想听到医生肯定的话语啊！医生走出病房时，也双眼含泪，无限感伤地说："我从没见过像你父亲这样的癌症患者，有着如此强烈的求生欲望。如果不是这种信念支撑着他，他不会活到现在！我真的很难过，不能治好他的病……"

临终的前四天，他似乎预感到了什么，我给他捶背的时候，他说："菱，爸不行了，爸要是死了……就剩下你们姐妹俩了，可怎么办呢……"话没说完，就被哽咽所代替。我背对着他，空洞而无谓地安慰着，满脸泪水。

这是父亲对我说的最后几句话。现在想起来，多么后悔那时候没和他坦然地谈论病情，好让他把自己的心里话说出来。可是当时因为怕他难过，我们竟然错过了和父亲最后交流的机会。从那以后，他绝口不提自己的病情，也不再谈论生死。他是丢不下他的女儿啊，两个从没有离开过自己视线的女儿……

2013年10月9日，农历九月初五，我最挚爱的父亲停止了呼吸。那一刻，我流着泪，徒劳地哭喊着，希望他突然缓过气来恢复呼吸，可是奇迹没有发生，他老人家就这样走了，永世不能相见……

好几次在梦里哭喊着，被老公摇醒。他总会无言地拍拍我，感受着我刻骨的思念和悲伤。醒来后，我就会擦干泪水，故作轻松地笑笑，不想让他也感染这份沉重……

因为母亲，我一直压抑着悲痛，从没有真正的哭过。那天，从父亲墓前回来，我一人在家，于是锁上门，痛痛快快地哭了一场，哭出了积压在心中许久许久无法排解的思念和悲伤。

此刻，写到这里，我不禁泪流满面。朋友说："时间长了，慢慢就好了，这种悲伤的感觉就会变淡，就会消失。"可是，时间越久，我却越是无法排解那份思念，总觉得，他串门去了，下棋去了，干活去了……该知他却永远不会回来了！

谁说的，"生命的逝去和诞生一样辉煌"！也许，做一个"无情"的人，才能擦干泪水，勇敢面对人生的第一次生离死别。

尤其在这个多愁的雨夜……

婆婆

结婚快20年了，从没有想过为婆婆写篇文章，或者写一篇关于婆婆的文章。一个平凡的农村老太太，有什么可写的。不过最近，我还倒真想说说她，这是因为，婆婆得了很严重的病，一反以前健康的常态，变得瘦弱而可怜。这倒让我有点不安了，似乎不说出这十几年的话，心里不会安宁似的。

说起我婆婆，那可是无人不知，无人不晓。婆婆年轻时，在村里是出了名的勤劳能干，干什么都风风火火。农忙时，一进家门，破喉咙大嗓门地就喊开了，一着急，还会破口大骂。也许是我性情好，她不骂我，只骂我三弟和弟媳。巷子里的街坊邻居都悄悄对我说："你婆婆不骂你，那可是奇迹！你家老二媳妇，还挨过打呢！"

我没见过，所以也就一笑了之。不过从那时候开始，我就对婆婆敬而远之，惹不起你，我总躲得起吧。曾经很羡慕邻家慈眉善目的婆婆，干净整洁，和蔼可亲，满头银发，有时候就想，我要是有这样一个婆婆，幸福死了！

其实，婆婆也是个乐善好施的人。手里但凡拿着能吃的，一筐梨，或者一袋桃，在回家路上，只要碰到认识的，就硬往人家手里塞，等到家，东西基本也就送完了。

说起来，婆婆的命挺苦的，丈夫在她26岁那年去世，留下当时9岁的老公和一个弟弟、一个妹妹。婆婆辛辛苦苦将三个孩子拉扯大，还把老公送进了大学。虽然后来现在的公公来了，生下了三弟，但丝毫没有让她减轻负担。

老公有两个弟弟，但说实话，三个媳妇，婆婆连现在娶一个媳妇的钱都没花。那时候家里穷，听说老二结婚时，只花了几百元，老三结婚花得最多，也不过几千块钱。我们结婚时也是“自负盈亏”，老公把自己的工资拿出来，给了我妈1000块钱，买了四个床单，我妈给我做了几床被子，满屋的旧家具，就这样结婚了。

婆婆骄傲地说，这是因为她三个儿子优秀，才娶了不花钱的媳妇。

嫁到婆家，我做的第一个菜是凉拌豆芽。我只是吃过，从没做过，我把豆芽在凉水里淘干净，放点蒜末，然后泼上油，再调上调料。等大家回来，我美滋滋地端上来，还幻想着老公会夸我几句，没承想，他吃了一口，夸张地咧开嘴，满脸痛苦状。我好不奇怪，这么香的菜，难道不好吃？我尝了一口，的确很难吃，一点都不是我平时吃的味道。待我讲完自己的做菜过程，老公和三弟捧腹大笑。婆婆也不由地笑了。看到我狼狈不堪的样子，她连忙替我解围说：“没事没事！我刚进这个家门时，还不如你呢。”听了她的话，我真是感激涕零。从那次，我才知道，凉拌豆芽原来是要将豆芽在开水里过熟才能吃。

婆婆其实不常在我家住，她住不惯高楼，嫌闷。每年到腊月二十五她就来了，大包小包，给我儿子买很多东西，吃的穿的，家用的，买够了，到腊月二十八就回老家了。我老公弟兄三个，五个孩子，只有我儿子一个男孩。但婆婆不重男轻女，她从来都是一视同仁，买东西，五个孙子一样多，不偏不向。但她对自己的儿子可不一样，我们妯娌三个在一起做饭时，她总是煮好三个鸡蛋，等煮熟了，连忙给她的三个儿子，嘴里还说："儿子们，妈专门给你们煮的鸡蛋，赶紧吃了！"我们三个媳妇，谁都别想。老三媳妇撇撇嘴，嘟囔着说："谁稀罕！"

当初买房的时候，老公就建议买面积大的，说我家是他们李家在城里的总部，到时候孩子们上学就有地方住了。我虽然有点不情愿，但经不住他甜言蜜语的轰炸，只好随他。果然，等装修好后，他就把他两个弟弟的三个孩子全部转到了城里，住在了我家。连我儿子在内，一共四个，我每天要做四个孩子的饭，洗六个人的衣服，还要参加几个孩子的家长会，一住就是6年。这还不算，每当暑假，婆婆和兄弟姐妹们，还有几个孩子，都要到我家小住几日。那时候我家可就热闹了，客厅打上地铺，房间里也铺上凉席，大大小小七八个人，三个空调"呼呼"地吹着，那景象，真是叹为观止。

对于这种场面，老公往往是以欣赏的目光在看，他就喜欢这种其乐融融的家庭氛围。

后来，我和老公干脆在客房买了一大一小两张床，这样就不愁没床睡觉了。有了两张床，婆婆来得更勤了。常常是我们还没起床，就听见楼下有人大声喊我儿子的名字。知母莫若儿，老公连忙跑到窗前，一看是他妈，就飞快地跑下楼去接婆婆，然后拿上来大包小包能用不能用的东西，堆满阳台。

婆婆这样的突然袭击已经好多次了，总是在我们还没起床、睡意正浓时，在楼下扯着嗓门大声喊，一会叫她儿子，一会又叫我儿子，搞得我现在一听到楼下有人大声说话，就神经质地猛然坐起来，连忙摇醒老公，急急忙忙地说："快快快！妈来了！"老公连忙光着脚跑到阳台，一看不是，就回到卧室，朝我叫："你做梦呢吧？哪里来的妈！"于是倒头再睡。我也放心地躺在床上，却再也睡不着觉。

婆婆个子高，很瘦，胳膊长，腿长，走路风风火火，干活麻利。在我的印象里，婆婆似乎从不知道累，也从没想过，她也有生病的一天。父亲去世后，老公把婆婆从老家接来，在医院治病，医生说是心脏主动脉硬化。这种病说大不大，说小也不小，如果不注意休息，随时有生命危险。老公一听，哭得像个小孩。

想起父亲刚刚离世，婆婆又重病在身，我心中悲伤不已。白天打针，下午再接回家，这个任务理所当然地落在老公身上，我则下了班后，顾不上休息，就要赶紧做饭。婆婆喜欢吃烤好的馒头，我就马上去烤，太干不行，咬不动，必须要适中，这样吃起来才合适。吃面条，老公非让我擀，说是婆婆不喜欢吃买的，不筋道。我赶紧挽起衣袖，在厨房忙活半天。

晚上，我躺在床上，轻轻地对老公说："能不能让你二弟三弟媳妇到家来伺候几天，我也好歇歇？"

他半天不语，最后说："为了我，再坚持一下吧。你所做的一切都是伟大的付出。"

我不再说话，睁着眼睛，瞪着屋顶的吊灯，只能在心里暗暗祈祷，祝福婆婆马上康复，我也就轻松了。

这篇文章写于2013年冬天，那时婆婆正在住院，反反复复住了半年。2014年正月二十四日，婆婆终因心脏病突发离开了人世，享年71岁。想起去世的父亲和相隔半年也离世的婆婆，心中悲伤不已。尤其这几天，晚上做梦总是梦见两位老人，醒来时泪水湿透枕畔。

大伯

大伯去世那年七十有三。从我记事时起，他一直身体健康，走路健步如飞，说话声如洪钟。花白的胡须掩饰不住健康的体态，反而有种老当益壮的感觉。

大伯兄弟姐妹五人，他老大，再下来是大姑、二伯、我父亲、小姑。在我父亲9岁的时候，我爷爷和奶奶就双双去世，留下了幼年的父亲和小姑。那时候，大姑已出嫁，大伯给二伯娶了媳妇后，就分家了。小姑随二伯生活，我父亲跟着大伯生活。

大伯有三男四女七个孩子。在二十世纪六七十年代，日子过得很艰难。全家人就靠大伯和大妈挣工分，维持一家人的生活。父亲读到小学二年级，就辍学在家，帮忙干农活挣工分，以减轻家里的负担。

大伯的一生，是多灾多难的一生。我的二堂姐，名叫水雪花，12岁那年身患肺结核，由于家境贫寒，无钱医治，死了。那时候我还没有出生，是后来听我母亲讲的。

堂哥水云清，16岁那年，也就是我7岁的时候，在村子北边的水库游泳，淹死了。云清哥从水里捞上来的时候，我清清楚楚地记得，他躺在水库边的草地上，穿着那时流行的海军短袖，口吐白沫，躺在铺着树叶的地上，再也没醒过来。大妈双手拍着水库岸边的草地，哭得昏天黑地，从此落下了病根，不能受刺激。记不清大伯当时是什么样子，只是觉得大伯没有倒过。

三姐叫水雪玲，结婚11年后，在1993年死于肝癌。三姐死的时候，我在外求学，听母亲说，大伯躺了整整一天，第二天又照常下地干活了。四姐水艳玲，患肝癌，死于2006年，年仅43岁。四姐去世时我也去了，大伯坐在门口的凳子上，我蹲在他的身边，想安慰他，却不知说什么好。大伯失神地坐在那里，嘴里一个劲地说："这是咋了?这是咋了啊?怎么会这样呢?"除此之外，再没说其他的话。我们姐妹几个，只有暗自垂泪。如今，大伯的七个儿女，只剩大堂姐和两个堂哥了。

人生三大不幸，幼年丧父，中年丧妻，晚年丧子。这三大不幸，大伯就遭遇了两个。二伯经常对我们说，你们兄弟姐妹，可以不孝顺我，但是不能不孝顺你大伯。父亲只要喝酒，就会给我们诉说那时的艰难生活，大伯养育他的艰辛，告诫我们，一定要孝顺大伯。

长大成人后，兄弟姐妹们都成家立业，各人过各人的生活，一年也难得去看大伯几次，但是我心里仍然常常牵挂着他。

2012年11月，母亲说大伯得了食道癌晚期。我心情很沉重。我们每天都在过自己的生活，忙自己的事情，却难得腾出时间去看看大伯。现在他将不久于人世，才觉得自己看望他的次数真是太少太少了。

我去看望他的时候，大伯正在门口晒太阳。看起来和正常人一样，走路健步如飞，声若洪钟。我真是怀疑医生的检查结果，这样健康的老人，怎么会是癌症晚期患者呢？大伯和我们谈笑风生，一点也没有病人的样子，还说生死顺其自然，不要太为他难过了。听得我心里酸酸的，老想哭。

这之后，大伯的两个儿子就商量着给大伯箍墓了。父亲说："早早把墓箍好，到时候也不乱，你大伯现在也放心。"而大伯，在给他箍墓的那些天里忙前忙后，给工匠送水送烟，还在一起讨论他的墓地问题，丝毫没有难过和害怕的情绪，看起来很豁达。他对工匠说："你们不要挖得太深了，我住在里面闷得慌。墙也不要砌的太厚，到时候出不来，还不憋死我啊？"工匠们和他开玩笑说："你还想出来啊？那你可别乱跑，到时候吓着我们。"大伯抽着烟，乐呵呵地笑了。

第二次看他时，大伯明显看起来不如以前。吃不下饭，喉咙痛。我去的时候，他正躺在床上睡觉。我坐在他跟前，看着他花白的胡须，紧闭的双眼，那在睡梦中因疼痛而不时抽搐的脸，我的泪不由自主流了下来。大伯醒来，看见我坐在他身边，就像小孩子一样，强忍的痛苦释放了出来，发出了痛苦的呻吟。我看着刚强的大伯，那在任何人面前也不流露出一丝痛苦的大伯，第一次在我面前流露出了脆弱的一面。他是在向他的儿女寻求保护啊！我心如刀绞，却无能为力。我怕大伯看到我眼中的泪，就悄悄地转过头，擦去了脸上的泪水。

第三次看望大伯，是大年初二。大伯家人很多，几个儿女和孙子孙女都在，看见我来了，大伯从椅子上坐起来，悄悄地来到我身边，坐在我跟前。我看他用手捂着胸口，脸上的表情是痛苦的。我想问问他的身体状况，却又不知道怎么开口，只好陪他坐在那里，用关切的眼神看着他。“胸口疼，吃不下饭了。”大伯声音很小，脸上也没有了以前的血色，变得很苍白。

2013年的秋天，大伯永远离开了人世。一个73岁的老人，生老病死本是再正常不过的事情，可是，对于自己的亲人离世，我的心里总会生出很多伤感和悲痛。

大伯离世后一周，父亲也永远离开了我……

家有儿女

"秦哥，快点，要迟到了！"

"马上马上！再吹一下头发就好了！"

"旭姐，你又穿我毛衣啦？给我！"

"谁穿了？在柜子里呢。"

"两位小妹，我头发吹好了，谁用卫生间赶紧！"

这是我的三个孩子每天早上上学时经常会有的一段对话。

我有一男两女三个孩子。儿子叫李泽秦，两个女儿，一个叫李晓欣，一个叫李晓旭。今年都上高一，一个比一个只大40多天。

我的三个孩子，儿子帅气，女儿漂亮，学习也非常好。记得在小学时，每次领着他们出去，都会引来许多羡慕的目光，就连小区里面的人都以为他们是三胞胎呢。

管孩子可不是个轻松活，要做好饭，既要有营养，还要不重复，更要按时。时间还要看准了，通常在他们进门之前半小时，才能开始炒菜，等他们走到家门口时间刚刚好。他们进门换鞋，洗手，我就开始端饭端菜。这样既不耽误时间，又能让他们吃上热乎饭。尤其是冬天，饭菜做早了就不行。这些年早养成了习惯，放学时间记得准准的，几点放学，到什么地方了，上楼了没有。

我们家孩子上楼，那是惊天动地，唱着跑着，能把楼房震倒。我们这个单元的孩子本来就多，年龄也基本相仿，所以，每当上学放学，你听吧，喊的，唱的，关门的，叫父母的，互相打招呼的，真热闹。

孩子多，家务活也多。每次洗几个孩子的衣服，再加上我和老公的，要一天时间。你想啊，一人一双鞋，就要洗三双，还要拖地，等收拾完，就累得腰酸背痛。晚上，督促他们做完作业，再检查完，已经11点了。半夜，还要起床看他们被子蹬开了没有，早上六点半就要起床，做好早点，叫醒他们，看着他们洗漱完毕，吃完早点，直到送走。开家长会，理所当然是我去。老公很忙，没时间。开家长会其实也挺不容易的，孩子表现好了，老师就会表扬，有时候还要作为家长代表发言；表现不好，那就要接受老师的批评了，不但教育孩子，还要教育家长，真是喜忧参半。

在家里，我制定作息时间表，给他们分配家务活。李泽秦是男孩，吃完饭负责拖地、倒垃圾，李晓旭收拾桌上的碗筷，李晓欣擦桌子。每周点评一次，表现不好，罚洗拖鞋。不用说，大多是李泽秦洗。如此循环往复，不知不觉间过去了5年，他们初中毕业了。

其实，孩子们早把我的辛苦看在眼里。每年的母亲节，他们三个都会给我买一束康乃馨，祝我母亲节快乐，平安夜的时候，还知道买一个又大又红的苹果，放在茶几上，旁边放一张纸条，上面写着："妈妈，平安夜吃苹果，会平平安安一辈子，祝您身体健康！"妇女节的时候，两个女儿给我买了一个围裙，老公笑着说，他们是想让你好好做饭呢。每当这个时候，我心里都美滋滋的，感觉自己的辛苦没有白费。

孩子们上高一了，年龄也渐渐大了，好多事情他们能自己做了。会洗自己的衣服，吃完饭也能洗碗了，还会帮我干一些家务活，我感觉轻松了许多。

如今，他们都在读大学，儿子远在英国读研，我也在做自己喜欢的事情。说真的，虽然我经常向老公嚷嚷着要自由，可孩子们真的远走，又感觉心里空荡荡的。

说到这里，你一定很疑惑吧，三个孩子，年龄只差一个多月，怎么都是我的孩子呢？呵呵，其实，那两个女儿是老公弟弟的孩子。老公经常说，我是他们李家的功臣。

我不敢居功，有一句话不是说“爱屋及乌”吗，我就是如此。

冰心玉壶

· 唯有乔木参天长

· 坚守

· 此心安处是吾乡

· 清水芙蓉　铿锵玫瑰

· 一蓑烟雨任平生

· 我眼中的雄安男子

· 率真大男孩默犁

· 咱家的袁大哥

· 一种情深，荷香满塘

· 浮光的梦

唯有乔木参天长

来到雄安新区的这段日子，我被许多人和事感动着，高建柱大哥尤甚。他没有惊天动地的故事，所呈现的，只是普通人的一种精神。我无意推崇个人崇拜，也不想歌功颂德，只是想将他在社会中绽放的光芒广而告之，让正能量传播。

一　情怀

冰心曾经说过："成功的花儿，人们只惊羡它现时的明艳，然而，当初它的芽儿，充满了奋斗的泪泉，撒遍了牺牲的血雨。"

高建柱大哥现为容城县政府办党组成员、主任科员，任法制办主任兼统计局局长、党组书记。基于这种身份，致使这篇早就想写的文章搁置至今，不知该如何定位，该以怎样的语气来描述他合适。

我们的相识缘于《长河悲歌》，其实，在雄安新区，我和我的朋友们都是因为这本书相识、相知，进而成为志同道合的文友。不同的是，高建柱更像一位兄长，以自己的人格魅力感染着我，感染着和他交往的每一位朋友。

微信上加好友很久，只是不常聊天，直到有一天我到了雄安新区，得到消息后，他们一家在一个小饭店热情接待了我，我们才见了第一面。初次见面，给我印象最深的，是他们一家人流露于眉梢眼底的那种浓浓的亲情，那种亲情让独处异乡的我都感受到了家的温暖。也是在那次，我才知道透着儒雅之气的高建柱大哥，原来刚刚做了心脏支架手术，才出院第二天。

后来，听朋友们说，自新区设立以来，他天天忙碌到午夜，日日披着星光回家，完全是累病的。他自去年就感到胸闷，坚持了一年的时间，直到今年春天才到保定市医院检查，医生要求他立即住院治疗，而他选择的是先返回单位，利用3天时间，处理完了手头的各项工作，才安心住院治疗。高建柱大哥身兼数职，同时具体负责容城县管控征迁安置指挥部办公室常务工作，与同事们一起，不舍昼夜，殚精竭虑，全心全意投入到新区管控征迁安置工作中，往往在工作通宵冲个澡后，又立即投入到第二天的紧张工作中。

同时，他多次深入基层，协助县委、县政府领导，组织强制拆除了震动全县的多起违法占地案件。在每起强制拆除工作中，他都认真谋划，统筹协调，组织调动土地、住建、公安、卫生、电力等部门进行现场拆除，确保了每起拆除行动零事故、零上访。

他已经做了两次心脏支架手术，可是依然奋斗在工作岗位上。他说："世界大势，浩浩汤汤。千年大计，立于雄安。为国家大事而奉献，功德无量，必须撸起袖子加油干。”

淌尽滴滴汗水，尝遍酸甜苦辣。成功而伟大的人，有几个不是经受过重压和坎坷，无论在怎样的打击和挫折冲击下，他们依然能够谈笑风生，用灿烂的微笑表达着决不妥协的坚持，散发着耀眼的光芒，高建柱大哥正是这样一个人。

二　情爱

一位学者说过：“一个人对家庭有多少爱，决定这个家庭有多少幸福；一个人对社会有多少爱，决定其在这个社会的高度。”

高建柱大哥就是这个论断最鲜活的证明。

高建柱大哥的妻子叫王丽红，是一个温柔娇小的女子，长得很漂亮，他们的儿子是一个非常帅气的研究生。相信看到他们一家三口其乐融融时，你心中一定会对家庭生活充满憧憬。可以想到，在高建柱大哥生病住院的那些日子里，她作为一个妻子，付出了怎样的辛劳和爱。高建柱大哥倾心于新区建设工作，而他的妻子不仅忙于本职工作，还要照顾高建柱大哥。一个女人，家庭的全部重担落在自己身上，可想而知是多么不易。尽管这样，她的工作依然出色，被保定市政法委、保定市妇联先后授予先进个人和三八红旗手称号，并被评为容城县道德模范、保定好人和第六届保定市道德模范。工作和家庭，高建柱大哥的妻子一样都没有落下。

而高建柱大哥，终是没有辜负妻子的一片深情。几十年光阴证明，他不仅有颗敢于扛起责任的心，更有足够扛起责任的智慧。

从相恋到相守，几十年的相扶相携，从生活到精神，两个人的世界早已融为一体。在他们生活的那个年代，注定不会把爱轻易挂在嘴边,但是他们俩的恩爱是一般人望尘莫及的,他们的相知相惜几乎无人能及。看到他们不经意间的言谈举止,你一定会感慨:“真是心有灵犀、相敬如宾的一对夫妻。”

其实,没有人能懂他们的世界。风风雨雨几十年,两人早已成为血浓于水的亲人。记得那一年,妻子得了一场大病,他日夜守护在妻子身边,端屎端尿,精心伺候。几个月后,当妻子病愈出院的时候,他疲倦的脸上才露出笑容。经历了生离死别,那份患难与共的情感更加珍贵。

费尔巴哈说:“爱可以成就一个人。”高建柱完全相信这一句话。从一个懵懂纯真的学生娃,走到今天,妻子是他信念忠诚的守航者,他每往前走一步,妻子便为他喝彩;阴霾来袭时,妻子便默默给他抚慰。正是妻子宽广的爱,成就了他。

结发为夫妻,恩爱两不疑。在高建柱的家里,就能感觉到那种相濡以沫、伉俪情深的气息,令人切实知道什么是妻贤夫良子孝。

对家庭如此,对朋友更是肝胆相照。你随便打听,没有一个人不对高建柱大哥的人品竖大拇指。

三 情趣

干练和温情,是高建柱作为一个男人在工作和家庭中最本真的表现。而他骨子里的坚韧不拔、乐观向上总是让他在面对忧患时能够完成逆转。

他的内敛、柔情全在旖旎的文字里。很少有人知道,他还是一位才思敏捷的诗人,著有《高建柱诗选》。他大学读的法律,常说:“许多诗人都是逃离法律藩篱的精灵。”

无论是工作还是生活中的事情,只要有感触,他就会用诗词的形式表达自己内心最真实的情感。“谁怜儿郎夜归中,月冷星稀三更风。漫漫长街无颜色,心有雄安一片红。”表达了他深夜加班归家途中的思想感受;“且莫酒后试薄寒,单衣不胜黄花天。分明昨夜愁如水,惟恐今生梦似烟。心作柱,意为弦,泠泠素曲怎堪弹?若君可解殷勤意,不负雄安这份缘。”表现了他对远道而来参加雄安建设的朋友们的殷切期望。再如:“未识柳绿又褪红,挑灯案前笑春风。莫问情缘归何处,心系雄安几万重”,展现了他与同事们忘我投入新区建设的真挚情感。

高建柱,他早已把家国情融入血液里。

坚持责任,坚持拼搏奋斗,坚持对生命的尊重,坚持人性的美!这是高建柱披荆斩棘收获幸福人生的利器。

祝福他,祝福所有寻常又可敬的人!

坚守

生于1984年的杨伟，是地地道道的雄安人，和他的相识也是在一次偶然的聚会上，英俊潇洒的他坐在那里，话不多，给人一种稳重的感觉。在随后的交谈中，才知道他原来是容城三贤之一杨继盛的第十六代孙，缘于《长河悲歌》，我对他平添了一种亲切感。

于是我们很自然地聊了起来。

聊的话题除了他的先贤杨继盛，还有雄安，尤其在得知他就是坊间传说的“雄安第一拆”后，更增添了我的好奇心，我想知道，对这种叫法，他内心深处最真实的想法是什么。

“这栋8000多平方米的酒店是2014年7月以四星级标准建的，2015年4月份精装修，2016年开始营业，从筹建到营业投资了2500多万呢。”杨伟说。

“您就舍得拆吗?毕竟是自己的心血。”我问。

“有什么舍不得的?也是为新区做贡献嘛!再说了,我是党员代表,是村民代表,要起模范带头作用。”他笑着说。

一个80后有如此高的觉悟,还是党员,这的确很让人意外。他说,他的容和酒店就在容和塔旁边,距离市民服务中心最近。为给市民服务中心创造一个良好的周边环境,一定要配合好政府按期完成拆迁任务。新区是千年大计,国家大事。作为企业经营者,企业能够取得今天的成就,离不开政府的关心和支持,作为一个党员,更要坚决服从新区规划建设,做到个人利益服从国家利益,承担企业所有的社会责任。

2018年5月8日,被称为雄安绿色环保第一拆的容和精品酒店10小时左右成功拆除。杨伟说,这次绿色拆除工程完全舍弃以往使用的工程爆破、炮头机拆除、挖掘机拆除等手段。取而代之的是液压剪、金刚锯、水压刀、破拆机器人、移动破碎机等高科技手段,实现无噪音、无灰尘绿色拆除。拆除后产生的约13000吨建筑垃圾将100%再生利用。对现场拆除产生的建筑废料进行现场加工,产出再生混凝土、再生砌块、再生砂浆、再生路基及砖块等绿色建材,整个拆除过程安全、绿色、环保、高效。

“说起来挺有意思,2012年修路时拆了一栋楼,2018年初规划,又把前院拆掉了,现在又把主楼拆掉,我的容和酒店也算光荣完成历史使命了。”杨伟幽默地说,语调虽然轻松,仍然能从眉梢眼底看出不舍。

怎么能舍得呢?2003年,他高中毕业后去砖厂打工,2006年接替父亲,把破败的水泥构建厂接过来自己经营,后来建了酒店,风风雨雨这么多年,其中的艰辛只有他自己知道。当我问拆迁对他是否有影响时,他说:“我倒无所谓,顺应时代潮流嘛!有利无弊。

只是我父母舍不得，毕竟有心血在里面，不过他们非常理解，也非常支持，他们说国家的事都是大事。”

我不禁对未曾谋面的杨伟父母肃然起敬。拆迁，那就意味着国家会有赔偿款，在人们的思想里，这绝对不会是一笔小数目，很多人都会在这个问题上和政府纠缠，想得到更多的赔偿。杨伟说自己的父母在这个问题上特别想得开。“雄安的赔偿政策还没有下来，所以有多少我们都不知道，当然我父母也不清楚。不过，习总书记不是说了吗，要让老百姓有获得感，我想，一定不会错的！”杨伟的双眼闪烁着智慧的光芒，自信地说。

“获得感”一词的迅速流行来源于习近平总书记在中央全面深化改革委员会第十次会议上的讲话，且使用范围出现固化趋势，多用以指人民群众共享改革成果的幸福感。“获得感”不仅是物质层面的，也有精神层面的，既有看得见的，也有看不见的。在精神层面，要让每个人有梦想、有追求，同时活得更有尊严、更体面，能够享受公平公正的同等权利。在当下的中国，“获得感”更加贴近民生、贴近民意。我想，杨伟所注重的，更多是精神层面获得的幸福感。

雄安新区设立后，在这个让人热血沸腾的时代，上面每每有指示，下面便会努力实践。身处其中的杨伟说自己有用不完的劲头和激情，他决心把握好时代的脉搏，绝不会安逸地享受生活，而是要以更加积极的态度挑战人生。他看出我的疑问，微微一笑说：“您是不是想问我现在还有没有生意做是吗？我还拥有一家自己的公司，叫保定新航线酒店管理公司，专门培养酒店管理人才。雄安新区的将来，服务行业前景不错，我培养这方面的人才，也算是为新区做一些贡献了。”

说到先贤杨继盛，杨伟一脸崇敬和肃穆的表情。作为一个普通人，他有着最朴素的情感，一样有喜怒哀乐。只是，自己世代相传的家风里，先贤精神和风骨早已随着一代代人的言传身教流传了下来，潜移默化在自己的血液里。他真诚地表示，如果今后有关于三贤文化方面的活动，他一定会鼎力支持，为家乡的文化事业尽自己的绵薄之力。

他说，所有这一切，都因为自己是一名共产党员。

杨伟，这位生长在雄安大地上的年轻人，为雄安，为燕赵丰饶的土地又添了一道风景。

此心安处是吾乡

树有根，人亦有。我的根扎在雄安，故乡是我最眷恋的土地。

——题记

一花一世界，一木一浮生，一草一天堂，一叶一如来，一砂一极乐，一方一净土，一笑一尘缘，一念一清静。这些佛界的禅语，对雄安新区容城县肖会宾来说一定有着最深的体会和感悟。

大健康产业，巴彦淖尔的奈伦湖，千年崖柏，万亩秀林，这些就是他的情怀。今天我用真实而感性的笔触，透过他的外表，探寻雄安新区肖会宾心灵最柔软的地方。

一　万里写入胸怀间

雄安土著人肖会宾生于1972年，是雄安新区容城县艾盟农场的法人，同时是保定艾盟商贸有限公司的创始人，还是内蒙古嘉浩旅游开发有限公司的董事长。

时下，他着力做的是人类大健康产业，主要经营无糖食品、功能性低聚糖、膳食纤维、益生菌制剂等调节微生态营养均衡的优良食品补充剂。他从事大健康产业已经有23载春秋，直到2010年成立保定艾盟商贸有限公司。“初始做这个行业，就是为了谋生，后来，觉得为人们的健康贡献了自己的一些力量，感觉很高兴。”他说，随着雄安新区建设快速展开，将来无论再发展什么新产业，但绝对不会放弃人类健康产业。目前北京康贝尔（河北马大姐）、山东龙力生物科技有限公司、济南圣泉公司、保龄宝等上市公司，都与他合作多年，其中木糖醇的提取，以及荷叶茶、益生元、益生菌、低聚木糖豆浆粉等产品，都以过硬的品质和良好的信誉得到了市场的青睐。

其实，肖会宾的事业并不是一帆风顺，由此引申，任何一个企业，在成长的过程中，都有困惑和艰辛，只是这种艰辛和困难用什么样的心态来化解，这是一个企业蓬勃发展的关键。

他说，做大健康产业，首先具备的应该是良心。当年山西某知名醋厂一直找了他十几年，想合作，他却一直没有答应。理由很简单，他的半成品必须经过加工才能添加，如果直接添加，会对人体产生一定的危害，后来厂家承诺给他提高价格，他还是断然拒绝了。他说：“我不能为了钱昧着良心去坑害老百姓！”这20多年来，他始终秉承这个信念，事业也因此进入了一个蓬勃发展期。

在聊天中，肖会宾脸上始终洋溢着一种成功男人的自信。我想，他的事业能走到今天，和这种精神不无关系。

《真心英雄》这首歌唱得好：“不经历风雨，怎么见彩虹，没有人能随随便便成功”。我相信，只要正直、坚毅、乐观，肖会宾的事业一定会达到高峰。

二　赤子之心总关情

一个真性情的人，就会觉得一草一木总关情。肖会宾尤甚，尤其对故乡。

2014年，肖会宾在容城县种植了170亩绿化树，而就在今年，他参与了雄安10万亩造林，并以低廉的价格提供了近百万株的绿化树，有银杏、国槐、栾树、元宝枫、油松等。其间，他有时奔波忙碌到深夜，利润还不够车油钱。但他很自豪，感觉自己为雄安的建设切实做了贡献。

其实早在去年雄安建千年秀林的时候，他就有一个想法，要把自己在内蒙古的1000棵胡杨无偿捐赠出来，后来因为种种原因没有实现，他很遗憾。他说要是有机会，他还是愿意为新区捐赠这1000棵胡杨！

“秋天的时候，在蓝天碧水间，胡杨树一片金黄，太美了。”肖会宾似乎还沉浸在塞外胡天八月的飞雪中，一脸陶醉，“这胡杨很名贵，生而不死1000年，死而不倒1000年，倒而不朽1000年，非常神奇。不是说千年秀林、千年雄安嘛，再加上1000棵胡杨，也终究不负盛名。”

听着这些质朴的话语，望着朴素、真诚的肖会宾，我被他这种热爱家乡的赤子情怀深深感动，这种情怀就是一种纯真的美。唯有清明的心，才能体现真实的美；唯有不断的觉悟，才能体验到更深刻、广大、雄浑的美；也唯有无上正觉的人，才能迈向生命的大美、至美、完美。

肖会宾何尝不是这样的人？

三 人间有味是清欢

我一直认为，不管时代如何变化，总会有一些卓尔不群的人，就好像山林无论如何变化，在山林里总会有清脆的鸟声。

在这个忙碌的世界里，就有如肖会宾一样拥有浪漫情怀的人。

肖会宾是一个好客的人，常常邀朋友们小聚。而朋友们也喜欢闲暇时到他的小树林里畅饮、畅谈。他会为了这个聚会从早忙到晚，早早起床就准备食材亲自加工。在他这里吃饭，你不用担心饮食安全，只需放心吃就行。

第一次去，是在他的小树林里野炊。一条悠长的小路伸向树林的最深处，两边是绿绿的果树，间或听到野生散养的鸡、鸭、鹅的叫声和树上的鸟鸣。小路尽头有一个小亭子，木制的桌凳，飞檐翘角，小巧玲珑，掩映在果香飘散的树林深处。亭子旁，浓浓的香气扑鼻而来，那是野炊吃的烤肉，闻到就已令人垂涎欲滴。

那天夜色四合的时候，能听见蛙鸣。朦胧的光下，温一壶酒，就着月光，两三小友小酌浅饮。再看肖会宾，早已陶醉在自己构建的世外桃源里。

他是一个做大健康产业的人，因此把健康看得尤为重要。每天清晨起床，他都会来到小树林，看花、看草、看树，听鸟鸣，身心就会无比放松，一天的工作也就在愉悦的状态中完成。

我想，在这个世外桃源般的仙境里，他一定听见了花开的声音，他的心，也一定是柔软的。心的柔软，可以比花瓣更美，比草原更绿，比天空更无边，比白云更自在，比海洋更广阔。

除了这种健康的生活方式，他还有一个特别的爱好，就是收藏崖柏。早在几年前，一个偶然的机会，他在山上看到这种奇特的木头，从此就迷上了它。

崖柏是脉岩石缝中枯死的崖柏树根、树干，由于在极端恶劣的环境下生长，吸天地精气，并经历成百上千年崖风强力吹刮，使其形成了飘逸、弯曲、灵动的造型，香气芬芳，醇厚浓郁，长时间存放，味道更佳，常被用于制作根雕、佛珠，也有很高的收藏价值。

要想读懂崖柏，首先要读懂崖柏精神。看懂了崖柏就了解了中国的传统文化。五代时荆浩曾有诗写道："动而不屈，繁而不华，俸节有章，叶如结线，枝似衣麻。"唐代杜甫"柯若青铜根如石"及"叶香曾经宿鸳鸯"等佳句，道出了柏的形象特征及其内在精神。

不知为什么，肖会宾就是喜欢崖柏，喜欢它的香气，喜欢它卓尔不群的形态，喜欢它的精神。其实，读懂了崖柏，你就会知道，肖会宾是一个具有什么精神的人。

肖会宾的世界里，远没有从外面看起来那么平淡，里面的世界暗藏了翠绿、茂盛、深流、熔岩。如果你没有读懂他，就不会理解，在这样一个纷杂的世界里，仍然会有淡然超俗的人。

《西山卧游录》中说道："凡人多熟一分世故，即多一分机智。多一分机智，即少却一分高雅。""山中何所有？岭上多白云。只可以自怡悦，不堪持赠君。"肖会宾是一个生活在尘世中的凡人，在纷扰的世间，始终难能可贵地保持着美好、真诚、淡泊和博爱的心，是为"纯"男人。

清水芙蓉 铿锵玫瑰

虽然理想丰满，现实骨感，但有幸赶上这个美好时代。如果生命之花不能尽情绽放，岂不辜负上苍给你来世一遭的恩赐。

——题记

“一切美好只是昨日沉醉，淡淡苦涩才是今天滋味，想想明天又是日晒风吹，再苦再累无惧无畏。”来新区半年时间，多次耳闻新区朋友口耳相传的传奇女子，及至见面，看到她清秀的面容，听她自己娓娓道来的人生经历，不由得让我开始钦佩这位来自邯郸，外柔内刚、坚韧如丝的女子——平洋。

一 小荷才露尖尖角

平洋来自古城邯郸，从小在临漳县一个村庄长大，19岁高考落榜，学了当时刚刚兴起的电脑打字，成为一家文印店的打字员。1998年，她筹钱5000元，自己开了第一家不足10平方米、全是二手设备的复印店。这位不甘平庸、坚韧勇敢的女子借此起家，用她自己的话："我本不适合做生意，却一路走来不曾停息，直到现在，很幸运地成为雄安新区比较有名气的一家广告传媒公司的负责人。"

其实世界上从来没有无缘无故的事情，所有的好运都是你人品的积累。父母是人生最好的老师，在农村长大的平洋，提起父母，全是敬仰与自豪。父亲是村里一位老党员，做了大半辈子村干部。从小到大，她目睹父亲热情地张罗村里左邻右舍的修房盖屋、红白喜事。父亲得癌症后，最后的时光还在抄写共产党章程；母亲教诲她"要时时体谅他人"，让她从小就养成了从他人的角度去交朋友、做事情。

不甘平庸是一种人生态度。为了更好地发展，从小就不"安分"的她，去上海、广州、深圳、北京等一线城市开阔眼界，去各种商业培训班学习，曾接受过一天1万元的高级培训课程，也曾去过梦寐以求的北京大学深造。学习成为她业余最大的乐趣，如饥似渴，从未停止。

人生，向来是人前显贵、人后受罪。当她谈起自己身为女人，面临诸如项目资金的回收困难，工作忙碌抽不出时间陪伴儿女，无暇安排更多的时间照顾重病在床的母亲等困难、压力和无奈，几度哽咽，满眼含泪说道："其实我明白，我不仅是一个女人、母亲、女儿，更是一个肩负众多员工生计和期望及公司未来的人，我需要为公司负责，为客户的信任负责，为自己的每一句承诺负责，为雄安新区的信任、自己的建设者负责。"

责任感与感恩是一种人生态度，也是一种贵族精神，在平洋的言语中，即使眼含泪花听到最多的词语还是"责任""感恩"。无论是悲伤、幸福，还是坎坷经历，都会被她总结为“一切都是最好的安排，感恩所有的遇见”。

“有节骨乃坚，无心品自端。几经狂风骤雨，宁折不易弯。依旧四季翠绿，不与群芳争艳，扬首望青天，默默无闻处，萧瑟多昂然。”这是钱樟明《水调歌头·咏竹》中的句子，用到平洋身上，最恰当不过。

二　弄潮勇在潮头立

“一弯秋水客舟冷，几许秋风眉黛横。”这个夏季，我隐身华北一隅，解读平洋的不寻常人生，为她的执着动容，为她的刚烈而震撼。解读佳人，也使自己成长。

2017年4月1日雄安新区成立，平洋听到这个消息，惯性的商业思维让她嗅觉到了商业的信息，迅速和合伙人强强联合成立了雄安新区分公司，为众多入驻新区的企业提供形象设计、整体装修、整体策划等一站式服务，成为雄安建设排头兵。

平洋把这次进驻雄安定义为自己人生的第二次创业。本着雄安新区“世界眼光、国际标准、中国特色、高点定位”的要求，她在企业运营中常常与北京、深圳、上海等地的业内先进企业对接，向各大央企学习，要求团队服务与新区形象相匹配，用她的诚信、质量、速度树立自己的品牌。

命运似乎格外眷顾奋斗中的美丽女子。2018年2月28日，蜚声中外的雄安新区首个重大交通项目——京雄城际铁路开工奠基仪式，由富洋广告传媒公司承办。正月初三开始进场，在克服了天气寒冷、工期紧张、野外施工等各种不利因素后，最终如期圆满完成任务，受到了上上下下一致好评，活动当天有86家媒体参与报道。自此，富洋广告传媒公司以一诺千金的诚信品质、敢打善拼的过硬作风和高效率的优质服务一炮打响，一时间在雄安新区政府机关和商界广为人知！

实力与名声要相匹配，平洋内心压力更大，更加注重自身学习，重视公司质量、效率、团队建设。所有新区的业务，她都亲自带队，现场盯进度、保质量，圆满完成了多个有影响的重点项目，受到领导和客户的一致好评和认可。

人终归是要有信仰的。有信仰的人活在世界上不怕挫折、不怕坎坷。在平洋的心里，信仰即信心，信心在，便可以所向披靡，遇山开路，逢水架桥。

雄安新区有很多邯郸的朋友钦佩于平洋的为人与影响力，一致呼吁建立一个有利于邯郸和新区文化交流的邯郸商会平台，并推举她为商会秘书长。她虽然信心满满，也喜欢做这些公益性的事情，但本着对朋友负责的态度，始终小心谨慎。她说，任何一件事开始之前的基调与方向决定了能走多远、多久。每做一件事，都要与国家方向一致，国家利益一致。在雄安新区，只要肯努力，只要积极向上，一定会得到别人的尊重，并最终成就自己，相信这个平台在众人的支持下一定能建好。

如今，富洋广告传媒公司除高端装修设计、广告工程、图文快印外，又承接了钢结构工程、展厅展示、文化科技等版块，平洋整日忙得不可开交，她却微笑着说："客户的信任就是我的荣耀，朋友的支持是我的荣幸。"

我被这个美丽、知性的女子深深感动。和她聊天，总会学到很多东西。我深深明白，女人在生命中用尽全部的力量，才能绽放自己最美的风采!

三　身无彩凤双飞翼

诗人们说，一生经历一次青春，目的只是听一次花开的声音，看一次滑落的寂然，然后散场。我却以为，也许，心中有爱，便是天堂，心中有美，便恒久美丽。平洋就是这样一位心中有爱、有理想的美丽女子。

每个生命来到这个世界都是有原因的。世上没有偶然，所有的偶然都是必然的结果。就像一朵花的绽放，一片秋叶的凋落，一次回眸的心动，一次同船的际遇，都是几世修来的结果。

从平洋的脸上，你可以感受到那种浓浓的幸福。爱人是体贴的、细心的，无论是平淡的婚姻生活，还是后来的事业发展，她都能感受到来自丈夫的爱与呵护。

一份成熟的感情必得经过磨合，才能定下最为默契的生活基调，因为经历了苦难与烦恼。平洋性格大胆、豪爽，而丈夫性格文静、内敛，但这丝毫没有影响他们的两情相悦。平洋说，丈夫是自己生命中的保护神，只要他在身边就觉得踏实。而丈夫说，每个人擅长的方向不同，爱好不同，我为我心爱的人牵马坠镫无怨无悔。

都说婚姻是一场豪赌，赌赢了一生幸福，赌输了血本无归。在这场赌博中，平洋是一个赢家，赢得稳稳当当，赢得漂亮而优雅，赢得了一生的幸福美满。

在雄安新区，每当她深感疲惫时，总会收到远在家乡丈夫的关切问候和叮嘱，她的疲惫也在这浓浓的爱里消散。记得前段时间，丈夫心疼她辛苦，不声不响就买了补品给她吃。丈夫的关心体贴让她感动。

聪慧能干的她，终不负丈夫的一番珍爱，孝敬公婆，抚育儿女，和睦兄弟姐妹与亲邻，处处令人称道。

幸福就是在对的时间遇到对的人。

人只有将寂寞坐断，才可重拾喧闹；把悲伤过尽，才可重见欢颜；把苦涩尝遍，就会自然回甘。信了这些，就可以坦然地面对人生沟壑，走过四季风霜。你来，我便是春天；你没来，我长成春天的模样。

平洋，一朵盛开在雄安新区的清水芙蓉，铿锵玫瑰！

一蓑烟雨任平生

有没有一束花，在此刻开放？有没有一段故事，会在此刻开始？如果有一场美丽的邂逅从现在拉开帷幕，那么，我们愿意，用一生的光阴去等待。

——题记

我始终相信生活不会有绝境。不管有多少困难、挫折、失败，我都继续奋勇向前。我始终相信中国诗人食指说的一句话："相信未来，热爱生命。"这也许是一句空洞的话，但当我遇到这四个人，我才知道，一个人要永远相信未来会比现在好，相信自己无论处于多么灰暗的状态，只要还活着，未来就能闪现出光辉。

他们是车成国、王晶、井玉泉、腾艳。

一　美食家情怀

林语堂说过这样的话："人世间如果有任何事值得我们郑重其事的，不是宗教，也不是学问，而是吃。"

人生无大事，吃就是大事。《论语》有云："食不厌精，脍不厌细。"早在孔老夫子那里，就已经开始谈论饮食之道。

苏轼曾不止一次写过四川风味食物，在他质朴平淡的文笔下，这些食物让人神往。

作为当今的文人，以谈吃入题入文的也不乏其人，贾平凹亦常谈食物以寄怀。

试想一下，闲暇时，约三五好友，喝几盅酒，吟诗作画，挥毫泼墨，那份意境实在唯美。一个地方总有一种东西能让你一直念念不忘，可能会是这里的民族风情，可能是这里的历史文化，但唯一不可辜负的，一定是美食。

无论你第几次来到雄安，走过三贤广场，穿过宽宽窄窄巷子的街头，一直走到奥威路上，总是不能错过位于路旁的川府烤鱼。

川剧的变脸绝技让人匪夷所思：一张脸刹那间可以变幻出14种模样，而川府内的菜品，同样会让人惊叹。在雄安，川府人从来没有把自己束缚在一张乏味的食品清单上，他们怀着对食物的理解，在不断尝试中寻求着转化的灵感。所有这些充满想象力的转化，它们所打造出的风味，和对营养的升华形成了一种叫作文化的东西。

他们四个是东北人，但却做出了四川最地道的饮食。他们说，这是山的味道，风的味道，阳光的味道，时间的味道，人情的味道，更是雄安的味道。这些味道，从踏上雄安的那刻便和故土、乡亲、念旧、勤俭、坚忍、奋斗等情感与信念混合在一起，融合进雄安的热土中，才下舌尖，又上心间，分不清哪一个是滋味，哪一种是情怀。

二　车成国：我们是雄安发小

他看起来很文静，单从外表，完全看不出东北汉子的痕迹。交往后，你会发现，他豪爽、大气、幽默、博学。他是带着妻子儿女扎根雄安、为了雄安的建设来的。他常唱的一首歌是《父亲的草原母亲的河》，他常说的一句话是“我们是雄安发小”。一首歌、一句话，饱含了一个男人多少的真诚和纯朴。他，叫车成国。

他说：“生命中的每一种追求都要付出，如果没有飞过千山万水，又怎会遇见美丽的人鱼？让一首《父亲的草原母亲的河》捎去我对故乡的思念，让一句‘我们是雄安发小’来表达我对雄安的热爱吧！”

三　王晶：跌落人间尽芳华

一个叫王晶的女子，她的身上融合了太多的元素，例如大方、真诚、婉约、清纯、美好。她喜欢唱歌，像潺潺流水般低吟浅唱，独具风韵。歌声有时凄美，若露滴竹叶般耐人寻味；有时婉约，如深情的文字。

其实我们还未曾谋面，但总感觉早已相识。这不仅缘于常常看到她的照片，听到朋友发过来她唱的歌曲，更重要的是我从她这三个品行高洁的朋友身上看到了一群志同道合的人，他们一起奔跑在理想的路上，回头有一路的故事，低头有坚定的脚步，抬头有清晰的远方。

她说：“没有什么道路可以通往真诚，因为真诚本身就是道路，愿我们都成为一个靠谱的人，挺着腰杆走路，不卑不亢，不辜负自己，更不辜负他人。”

四　井玉泉：书法由来见性真

雄安新区容城县八景之一叫“玉井甘泉”，而他的名字就占了三个字，这也许是他和雄安新区前世注定的缘分。如果你没见到他的书法，你可能觉得，他就是一个普普通通的东北汉子。当走进他的店内，看到那面文化墙上挥毫而就的墨迹，你立刻会被这个外表粗犷、内心细腻的汉子所打动。他的书法，潇洒中透着柔情，一如他丰富的内心世界。

他说：“高山上的湖水是躺在地球表面的一滴眼泪，我愿用自己的笔，饱蘸泉水，挥洒生命的色彩。你见或者不见我，我就在那里，不离不弃；你念或者不念我，情就在那里，不来不去；你爱或者不爱我，爱就在那里，不增不减；你跟或者不跟我，我的手就在你手里，不舍不弃；来我怀里，或让我住进你的心里，默然，相爱，寂静，欢喜……”

五　滕艳：乱云飞渡仍从容

假如说她身上有男人的豪爽，那一定是在东北的白山黑水间练就的。一个人的世界有多大，在于心胸有多宽。她在自己的梦幻里行走，爱与被爱充实了她生命的旅程，装饰了她的梦。她的梦如一杯清茶，如酥酥细雨，绽放在雄安的热土上。她有一个美丽的名字：滕艳。

她说：“白山黑水练就了我们豪爽的性情。没有什么誓言可以让生命永垂不朽，但我相信，有爱，就有不朽的传奇；有梦，就有生生世世不变的誓言！无论这个梦是否可以抵达，无论它是繁华落尽，一地忧伤；还是花开妖娆，风逐云端……”

他们四人，来自白山黑水间的东北。他们是忙碌的人，充实的人，有情怀的人。

他们是同学，是朋友，因共同的理想与抱负走到了一起。他们来到雄安新区，决心闯出自己的一番天地。他们在创造比春天还温暖、比万物还有生机的故事。

他们相互理解，相互信任，相互关爱，相互负责，始终以诚相待，信守承诺。哲人无忧，智者常乐，并不是因为所爱的一切他们都拥有了，而是所拥有的一切，他们都爱。在他们心里，雄安，早已成为他们的家。

他们对彼此说：“握着我的手，给你信心，学会坚强，勇敢面对一切挑战。”如普雅花一般攒足百年的颜色，在一个世纪的期待后，绽放出惊天颜色！

我眼中的雄安男子

人生最美的风景均在每一个春天,最好的遇见也是在这风含韵、雨暖春和的季节里。闻一束花香,见一树花开,就是这个春天最美的遇见。

——题记

初来雄安,总有这么一句话被我提起:谦谦君子,儒雅大气。下意识地用这句话对照周围的男子,就得出一个结论,千年雄安,男子也多豪气。

这豪气和陕西男人的豪气不同。陕西男人的粗犷是与生俱来的,赤裸裸的,是吼出后如秦腔般令人震撼的。无论是头戴白羊肚毛巾唱着信天游的陕北汉子,还是大碗喝酒大口吃肉的关中愣娃,一口唾沫一个钉,说啥就是啥,从不拐弯也不含糊,有股子不撞南墙不回头的气概。他们说,“他大舅他二舅都是他舅,高桌子低板凳都是木头”,就是这么个不会拐弯的直肠子。有时候做了好事还被人误会,自己横眉立目后,即使解释不清楚,也端起酒一饮而尽,大手一挥说:“算咧!”

雄安男子却不是这样。他们也豪爽，也大气，只是这豪爽中带着细腻和认真。做起事来，总是要尽善尽美，自己安心，朋友高兴。

2017年，《长河悲歌》正式出版后，我在雄安新区待了一礼拜。一礼拜遇到了很多这样的雄安男子。从雄安新区回来后，睡也睡不踏实，食也不觉味，总觉得不写点什么，就对不起我这次的雄安之行。

在杨同泉老师的积极推进下，在容城作协朋友们的热心准备下，在作协主席周志永和副主席庄梦醒的大力支持下，《长河悲歌》与读者的见面会顺利举行。会场气氛的热烈和雄安人对容城三贤的崇敬令我深深感动。

周志永，笔名中子，容城县作协主席。初次认识他是在微信朋友圈里看到他一首灵秀温婉的诗歌，脑海中就出现这样的画面：一个身穿一袭藏青色长袍，戴白色长围巾，脚穿黑色布鞋，腋下夹着一本书的男子，从一条悠长的小巷匆匆走来。如有一个打着油纸伞的丁香一样的姑娘，必会生出一段流芳千古的佳话。

微信聊了几次就索要他的文字和照片准备发到平台。待照片发来一看，此人儒雅之中透着一丝威严，若换上长袍，还真是画面中的那副样子。于是感叹，文如其人真不假。那场读者见面会，时间紧，也没有提前安排，完全是在热情和真诚的作用下促成，雄安男子的真诚从此刻印心中。

庄子叫庄梦醒，而我一直叫他庄子，这是有原因的。春秋时期，姓后带“子”的，都是一些有学问有道德的人，如屈子（屈原）、张子（张仪）等。

名叫庄梦醒的男人，名字极富诗意，常常让我想起“庄周梦蝶”的典故。他是一名教育工作者，心思细腻，彬彬有礼，很会为他人着想。初在雄安接触的那几天，总会感受到来自他的关心和照顾，这种良好的修养从他十几岁的小女儿身上就可看到。小姑娘见到我们，落落大方，微笑着一一点头、问候。朋友们都夸赞小姑娘，我也不由感慨，庄家良好的家风家训早已在容城三贤精神的熏陶下潜移默化根植于孩子的心中。

如果单看外表，你绝对会认为这个彪形大汉粗粗拉拉，不拘小节，可是很多事情，眼睛看到的却不一定真实。庄子老师外表“巍峨拔嵩华，腾踔较健壮”，内心却有“取次花丛懒回顾，半缘修道半缘君”的细腻。

那次雄安之行，收获了满满的感动和祝福。踏上回家的列车，又想到了陕西和雄安，容城和蒲城，同样大气，同样豪爽。大秦水土硬，男人多粗犷，燕赵多义士，谦逊多豪爽。不过炎黄子孙，同根同祖，无论哪种品格，心相通，情真诚。两地千里，我带去了关中的纯朴，也捎回了雄安的风情。

率真大男孩默犁

人世间的缘分真是奇妙，无意中的一个举动，竟成就了众多的聚散离合，而这分分合合之间，五味杂陈的情绪自然流露，留到最终，才是友人之间的真诚和坦荡。

比如我和默犁老师。

最初知道他，是听他的声音。他的声音极具魅力，这不仅因为他在群里朗读一些诗歌，更因为他在播讲我的长篇历史小说《长河悲歌》。

我对一个人的认识，总是从感性出发。虽未谋面，在心里对他早已有了一种亲切感，而这种亲切感直接来源于他的声音。还记得他在准备播讲我的小说时，似乎怕我不相信他的能力，于是对我说他曾经在一个叫荔枝的平台上播讲过路遥的《平凡的世界》。这不禁让我对他刮目相看。

默犁老师的诗歌也写得非常用情，那种用情至真让我常常热泪盈眶。特别是读了《长河悲歌》后他写的那首长诗，在那次见面会上，想哭的感觉尤其深刻。读他的文字，不像是在读文字，听他的声音，不像在听诵读，而像是他就坐在你的对面跟你随意谈天。魅力的文字和富有磁性的声音常常让我很好奇，有一种想见他一面的冲动。

终于见面了，而且是在毫无思想准备的情况下。那天，杨同泉老师约了容城作协的领导和几个文友，当然包括他。我走到宾馆楼下，手机响了，打开后刚刚"喂"了一声，就觉得身边一个人在说话，转头一看，原来是他！不过可比照片年轻，皮肤黝黑，身材高大。见面后握手，感觉非常亲切，似乎早就是认识多年的老友。

他是一个普通的教育工作者，喜欢诗歌，喜欢诵读，用他的话说："自从有一天遇到了诗，便把她作为自己的信仰，一路走来，一路走下去。"

喜欢文字的人，骨子里都有着或多或少的率真，而他尤甚。最是惊叹于他的真，不光文字，而且为人，这和他的外表倒有几分相似，黑黑的皮肤总让人想到"诚实"二字。在雄安的一星期，来自他的照顾最多，无论是生活还是工作，他都会关照和提醒，就像一个温暖的大哥，完全没有初次见面的客套和做作，令人感动。杨同泉老师评价说，默犁风度谦谦，诚恳热情，值得交往，我深有同感。

如今我在雄安已经快两年，两年，因为共同的爱好——文学，我们常常共同参与到一些文化活动中。人常说，有些朋友走着走着就散了，走散了的，注定不是一类人，而沉淀下来的，才是一辈子的朋友。

我是一个很有自知之明的人，也非常不喜欢自作聪明之人。

即使写了《长河悲歌》，也觉得仅仅只是写了一部小说而已，并没有什么可以炫耀的。默犁老师，他只是个普普通通的小人物，但他身上，却有着真诚率直的品格。这品质在我看来，如金如钻，宝贵稀缺。

咱家的袁大哥

2017年7月，我踏上了前往陕西省蒲城县东北一个乡村的旅程。车在宽阔的大路上行驶着，溜进窗缝的风儿清凉幽香。隔窗而望，沟壑纵横，葱葱郁郁，团团叶子翠绿欲滴，而沟畔路沿一闪而过的野花激活了我心中的一片欢喜。

无数个峰回路转之后，我迫不及待地裸足在这块令人越接近越欢欣的黄土地上，并震撼于这片土地的壮美博大。游目四顾，满眼的翠绿，玉米、葡萄绿汪汪的，嫩嫩的。深旷幽谷，像张开的臂膀将我拥抱。宽阔强壮与温柔融合出的踏实感立刻攥住了浮动的心，一瞬间竟生出落地生根的冲动。

这便是永丰镇温汤村，一个远离城市喧嚣的宁静乡村。从踏上这个村庄的土地开始，袁小平便将一腔热血洒在了这里。

袁小平是蒲城县公安局副局长。英俊的四方脸，小平头，个头不高，但浑身上下透着精明和干练。第一次见他时，他正手拿着东西准备去自己帮扶的贫困户张绳武家，于是我就随他一起前往。

刚到张绳武家门口，袁小平就大声招呼着。听见他的说话声，张绳武的孙子从家里跑了出来，随后，家里其他成员也不约而同围了上来，簇拥着袁小平走进院子。

人们都说，幸福的家庭是相似的，不幸的家庭却各有各的不幸。张绳武家的不幸似乎更深切一些，贫穷的张绳武夫妇只有一个女儿张巧红，深度弱视，只能看见眼前的一点点东西，干活时都是摸索试探着进行。1990年，张巧红招了个上门女婿，先后生了一个女儿两个儿子，按理说这应该是一个幸福的家庭。可是，生下的三个孩子，只有小儿子是正常的，其余两个都是智障儿。2004年，张巧红的丈夫又意外出事，撒手人寰。一时之间，悲伤和绝望笼罩了这个家庭。

苦难的日子熬了下来，张巧红拉扯着自己的三个孩子走到了今天。上有老，下有小，生活的苦难使这个女人过早地衰老，40多岁的年纪，看起来比实际年龄苍老许多。如今，大女儿嫁人了，小儿子正在读技校，她和父亲日夜操劳，用微薄的收入供养上学的小儿子和患有智障的二儿子。

命运似乎总爱眷顾那些苦难的人，作为扶贫帮困对象，蒲城县公安局进驻永丰镇温汤村，公安局副局长袁小平走进了这个不幸的家。从此，他的一言一行、一举一动深深影响和改变了这个家庭，为他们带来了希望的曙光。

根据国家的扶贫政策，袁小平为这个家庭申请了危房改造，国家补贴的28000元危房改造资金显然不够，他自掏腰包，拿出自己的钱贴补上。当一座95平方米、宽敞明亮的楼板房拔地而起的时候，张绳武饱经沧桑的脸上露出喜悦的笑容，张巧红不停地用袖子擦着眼睛，就连二儿子也高兴地在新房里奔跑。

“我家住了近30年的老房子，都快塌了。新房盖好了，以后刮风下雨再也不用操心了。”站在居室、厨房、客厅、厕所等一应俱全的新居大门口，张巧红满心欢喜地说。

张巧红的小儿子读技校，袁小平拿出自己的钱，每月给他500元生活费，并鼓励孩子好好学一门技术，将来改变自己家贫穷落后的面貌。

听着左邻右舍的介绍，我不由得朝正在和张绳武一家拉家常的袁小平看去，只见他坐在那里，认真地听张巧红说着什么。他问张巧红：“巧红，核桃园咋样？能不能作务得过来？”

张巧红连忙说：“能，袁大哥，你帮着建成了两亩核桃园，咋的都要作务好。”

袁小平点点头，他对坐在自己跟前的张巧红的小儿子说：“三小子，你放暑假了，刚好，明天有个核桃作务技术培训，你骑着车子带着你妈去听，给她记下来，回来慢慢讲给她，这用得上。”又不放心地叮咛：“千万别让她一个人去，她眼睛不好，路上别出啥事。”

这个事安排完，他又说：“小子，你今年就毕业了，伯给你安排好实习的地方，实习期满了后，你就在那里好好工作，努力挣钱。将来你们家都要靠你支撑呢，你妈把你供出来不容易，挣到钱了，也让她过过好日子。”

小儿子憨厚地笑着，连连点头，他不时看着袁小平，目光中满含崇拜和依恋。我悄悄问他：“你怕不怕你袁伯伯？”他腼腆地说：“公安局的嘛，肯定怕。”我又问：“现在呢？”他挠挠头，笑笑说：“怕和怕不一样，我觉得他是自家人了，啥话都敢和他说。”

看着袁小平和这家人其乐融融围在一起拉家常的温馨场面，我被深深感动了。不能否认，在国家的扶贫政策下，仍然存在一些走形式的例子。然而跟随蒲城县公安局走进温汤村的这些日子，我才知道，什么是真正的扶贫，那不是给一些钱说一些好话就能做到的。袁小平所付出的，不仅有真心、诚心和爱心，更有对党的忠诚，对政府的忠诚，对人民的忠诚，对职业的忠诚。

从张绳武家走出来，天色已经不早，袁小平和左邻右舍打招呼告别。我们上车了，张绳武还追到车前对袁小平喊："可别忘了咱家呀！"

袁小平笑呵呵地说："这是咱家呀，我不回来咋行？"

车子在路上行驶，我侧脸望向身旁的他，他正看着一份文件，英俊的脸庞透出一丝坚毅和凝重，和刚才在张绳武家的柔情汉子判若两人。

我笑着说："您再给我说点啥吧。"

他抬头，不好意思地一笑："有啥说的呀，这都是应该做的，你可别把我写得太好了。"

我想了一下，幽默地说："我把题目都想好了，就叫'咱家的袁大哥'，咋样？"

他一听，爽朗地笑："好好，这个名字好，我就是个大哥嘛！"

望着不时从车窗外闪过的绿色田野，我的心中涌起一股豪情。我相信，在我们齐心协力建设成的和谐社会里，在这个实现中华民族伟大复兴梦的新时代，每一个人都会过上向往已久的幸福生活。

因为心中有爱。

一种情深，荷香满塘

铁肩担道义，是否一定要有铮铮铁骨不让须眉？

人民警察，是否必须笑比河清舍弃儿女私情？

不需倾城，不需倾国，

一颗心，循着生命的召唤，虔诚而行……

——题记

翻开张轲杰的履历，简单而真实，普通又令人敬畏：张轲杰，女，1994年9月至1996年7月，在陕西省人民警察学校上学；1996年8月至2010年2月，在蒲城县公安局刑警大队工作；2010年2月至2013年11月，在蒲城县公安局陈庄派出所担任所长职务；2013年11月至今，任蒲城县公安局政治处主任。

一

隐在中国西北一处的陕西省蒲城县永丰镇温汤村是一个美

丽的地方。悠悠洛河水缓缓流淌，游目四顾，温汤宝塔傲然伫立。绿涛滚滚，红黄蓝紫的野花随风摇曳，或花团锦簇，或一枝独秀，像织女在这一望无垠的锦绣上织的锦缎，素雅隽永；又像是绿涛中隐隐闪现的七彩宝石，璀璨明丽。头顶蓝天白云，阳光万里；耳畔清风盈盈，鸟雀啁啾。还有那金灿灿的油菜花扬着明媚的笑脸。

这是一块强壮和温柔融合出的黄土地，张轲杰的帮扶对象王安宏便住在这片美丽的黄土地上。

这是一个因病因残致贫的家庭。王安宏的父亲年过七旬，妻子患精神病多年，唯一的女儿因家庭原因在外上学也不愿回家。王安宏在为妻子治疗几次后因无钱而放弃，这使原本就贫困的家庭更是雪上加霜。

2017年4月，作为帮扶干部，张轲杰走进了这个贫困的家庭。她的到来为这个苦难的家庭带来了希望和曙光。

王安宏的妻子王晓霞本是一个自尊心极强的女子，尽管家庭贫困，但一直和丈夫辛勤劳作，希望改变贫困的局面。然而，正是因为贫穷，所以她把金钱看得格外重。一次，辛勤换来的1000多元不慎丢失，遍寻不见便受了刺激，从此意志消沉，精神渐渐失常，整天把自己关在小黑屋子里不见人，也不让任何人进去，大小便就在屋内解决，家中再无宁日。无人做饭，无人打理家务，看着贫困潦倒的家，王安宏的父亲整日叹息不已。王安宏也愁眉不展，无可奈何。

这一切，被张轲杰看在眼里。作为自己的帮扶对象，她觉得解决这个家庭贫穷落后的现状首先应该“扶智”，为晓霞看病治疗，家中有了女主人，这个家才有温度，才像个家，当然，这也是她义不容辞的责任和义务。她多方打听后找到了适合治疗王晓霞病情的龙阳精神病院，并协调相关单位办理了医疗救助。王安宏经济困难她就自己出钱，每月为王晓霞交600元的生活费，王安宏再也不用因无钱给妻子治病而烦恼。平常张轲杰在单位工作繁忙、任务多，可一旦去龙阳方向下乡，她都会取道去精神病院看望王晓霞，给其带去牛奶、鸡蛋等营养品，一再叮嘱医院医生照顾好王晓霞。精神病院的院方领导和主治大夫被她的真诚感染，格外关照王晓霞。每次去王安宏家她也会叮嘱王安宏，要多去看看妻子，并且还关切地询问他女儿的情况，让他一定说服女儿，应去医院看望自己的母亲，让妻子感受亲情带去的安慰、鼓励、温暖和关爱。

10月6日，经过为期4个月的治疗，王晓霞出院了。张轲杰听到这个好消息立马放下手头工作带着慰问品来到王安宏家。看到王晓霞时，她简直不相信自己的眼睛，这还是几个月前那个浑身脏兮兮的女人吗？只见她笑容满面，浑身上下收拾得利利索索，住的屋子也被打扫得干干净净，被褥叠得整整齐齐。左邻右舍都围在家里啧啧称奇，一个得了精神病10多年的女人，竟然能治好，这在他们看来是非常稀奇的事情。乡亲们都打趣王安宏说："安宏，十几年没和媳妇睡了，这下可好，又有老婆热炕头咯！"王安宏望着妻子，咧着大嘴嘿嘿直乐，王晓霞也像孩子似的红着脸，腼腆地笑。

"安宏，你们一家可得好好感谢人家娃，把你媳妇病治好了，这比给你家拿多少钱帮扶力度都大呀！"

"是呀，多亏张警官，可要记着人家的好。"

听着乡邻七嘴八舌的话语，看着这家人温馨的画面，张轲杰从心里感到高兴。她长长舒了口气，多日来因忙碌工作所造成的疲劳似乎也烟消云散了。

二

王安宏的父亲思维敏捷，思路清晰，是这个家的精神支柱。张轲杰深知，要想使这个家庭凝聚力量，老人无疑能起到关键作用。因此，老人的健康也是她最为关心的事。帮扶之初，她就接老人去县医院做了全面体检，因老人患有慢性支气管炎，她便协调为老人办理了慢性病卡，在政策允许范围内，看病买药不用花钱，并定期带老人去镇卫生院进行保养治疗。她还邀请卫生院医护人员定期上门为老人检查身体，送上小药箱和常用医药品，夏季为家里集中消毒，送上消暑及灭蚊蝇用品等。每逢传统节日她都会带着营养品和慰问金上门，抚慰老人那颗孤独苦楚的心。

王安宏患有痔疮，张轲杰遂联系蒲城县中医院，让他住院治疗一周。出院后报销医疗费时，因民政系统与医院系统数据不统一无法报销。她又多方协调，帮助王安宏按照低保户的标准予以正常报销，并及时把报销的医疗费送到王安宏家。

张轲杰所做的一切，王安宏一家都看在眼里，朴实的农民不会说华丽的感谢语，只是在张轲杰来家的时候，望着她憨厚的微笑，千言万语都通过这一笑表达了出来。每一个扶贫日去王安宏家，张轲杰都为王安宏的父亲带去慰问品，有时是一箱水果，有时是一箱牛奶，一袋大米，一筐鸡蛋，一身新衣，一双新鞋……点点滴滴，温暖着老人的心。你若是问老人："你觉得这个女子好不？"老人会乐呵呵地说："好！好！我把她当成我娃呢！"

张轲杰尽自己的全力，让贫困户王安宏家享受着扶贫政策带来的幸福和喜悦，她的心早已和这个家融为了一体。

三

王安宏以前承包的30亩河湾地，栽植的杨树柳树经济效益不好，帮扶后，张轲杰建议王安宏砍伐这些树木后种植经济效益较好的核桃和花椒。她又帮助王安宏种植的三亩核桃园套种油葵，核桃果和油葵油都是她帮助销售的，这些均增加了家庭收入。

她还筹资为王安宏的30亩承包地修生产路，以方便产业发展。同时，产业直补金、光伏项目、低保金、残疾补贴……凡是贫困户应享受的扶贫政策和王安宏家应享受的政策，在她的努力下，王安宏家全部享受到了。

8月中旬，张轲杰无意中听说镇上要从没有脱贫的贫困户中选出三个作为镇上的护林员，每年有7000多元的工资。考虑到王安宏性格憨厚老实，家中又有老人和患病的妻子，外出打工不可能，镇上护林员对王安宏来说再合适不过了，既照顾了家庭又能贴补家用，还不耽搁农业生产。她立刻向镇上申请，为王安宏争取到了这个名额。当她把这个好消息带到王安宏家时，王安宏的父亲感动得不知说什么好，王安宏也高兴地搓着手，脸上露出了憨厚的笑容。

王安宏的女儿王武萍正在上大学，张轲杰还考虑到，待明年毕业后将她纳入贫困户创业就业政策中，安置好就业岗位。

对这个家，张轲杰不只是简单地帮扶，她有自己的“三步走”计划。她说：“第一步‘扶智’，就是先把王晓霞的病看好，最起码能自理，能做简单的家务，为一家人做饭洗衣。人们常说，有炊烟升起，家才会兴旺；家里有了女主人，王安宏才有生活的信心和干劲，这个家才有主心骨，这就是她的第二步‘扶志’。前两步稳定了，第三步就是‘扶技’了，帮助他们家发展生产，实现脱贫，而后致富。”她说，我要尽我所能，让王安宏一家享受到扶贫政策，并尽自己的力量，帮助这个家庭早日过上幸福安稳的日子。

有时候，一个人一个微小的举动，或许就会影响到他人的一生。张轲杰对这个家庭带来的温暖和希望，是她未曾意识到的。自己认为理所当然微不足道的小事，却彻底改变了这个家庭的命运。

走进张轲杰，你才会读懂真正的女人是什么样的，才会意识到知识和修养是多么重要，你也才会理解“注意细节，追求完美”对一个人的影响。

四

生活中的张轲杰注意细节，追求完美，工作中的她更是如此。作为蒲城县公安局扶贫小组副组长，她要负责太多的日常事务。精准识别阶段，她带领20余名民警深入田间地头、村民家中，挨家挨户征求意见、了解情况、张贴公告、发放扶贫知识宣传资料，确保了温汤村贫困户精准识别村民大会顺利结束；她认真学习各项扶贫政策和资料填写要求，每周扶贫日她都能条理清晰地安排本单位的扶贫事项。

在张轲杰的严格要求和细致解读下，蒲城县公安局的扶贫资料整洁美观、数据翔实、填写规范；她协调县中医院、永丰镇卫生院在温汤村委会开展了大型义诊活动，使温汤村400名群众接受了义诊；她还组织开展党政国策、扶贫政策宣讲活动，邀请党校讲师为温汤村全体党员上党课；协调人社局派员为温汤村村民讲授葡萄、桃核种植技术，开展生产技能培训活动等；她积极联系，引进了小型手工制作加工项目，让群众在农闲时进行小手工制作，然后把制作好的小手工回收，为群众增加了收入……

张轲杰详细制定了温汤村产业发展规划，这份产业规划，为温汤村产业发展和村民增收、村级经济发展提供了可靠依据和美好前景。

要做就要做到最好、做到完美，这是张轲杰经常挂在嘴边的一句话。她是一位将女子细腻与侠士豪情兼容得恰到好处的女人，蕙质兰心，外柔内刚……这些美丽的词汇或许就是为这类女子所创。在张轲杰的扶贫路上，没有什么惊心动魄的事迹，所呈现的就是普通人的一种精神，一位离我们生活很近的人民警察，普通女人的点点滴滴。

张轲杰，一个人民警察，一个事业家庭双丰收的女人，细数她扶贫路上一路走来的足迹，每一个印痕都泛着爱的光芒。一个人对家庭成员有多爱，决定了这个家有多幸福；一个人对社会有多爱，决定了这个人在社会的高度。

张轲杰对这句话做出了最笃实的证明。

浮光的梦

我和浮光女士相识已经5载，时间不算短，却也的确不长，因为都在忙各自的事，相聚不多。更加真切的了解，是从她的那部诗集《望月的女子》开始的。从那部诗集中，我懂得了她丰富的内心世界，透过诗篇，我看到了她身上闪烁的熠熠光彩。

这部《浮园碎梦》，只看题目，心便生出一种莫名的颤抖，于是，急切地想知道：这个“浮园”里，到底藏着一个怎样的梦。

一个诗人能写出让读者喜爱的诗歌，需要纯净、丰富的内心和表现才华的语言。浮光就是具有这种质地的诗人，她身居田园，内心却保留了珍贵的感受和情思。

作为有共同爱好的朋友，我们的心是相通的。我也曾不止一次幻想过自己的理想生活：条件具备时，去一个有山有水的小村落，一间小屋，一架书，一杯清茶，整日闲适，读书写作，去林间漫步。诗人浮光的幸福就是身居田园，与文字一起起舞，在浅层次的生活中，她畅谈理想和生活，书写自己最为朴实的生活。

白居易《长恨歌》中说："春风桃李花开日，秋雨梧桐叶落时"。黄升《酹江月·夜凉》有"此情谁会，梧桐叶上疏雨"。梧桐夜雨意象不断出现于历代文人笔下，具有了一种文化性质。浮光的梧桐夜雨更有李清照《声声慢》中"梧桐更兼细雨，到黄昏、点点滴滴。这次第，怎一个愁字了得"的韵味。

告别春天的日子，每个人终会和过去的自己告别，会和过去的春天告别，会和过去犹如春天的青春告别，即使春花留不住，还有夏蝉秋月冬雪要追寻，这样短暂的一生就会因为这些丰富多彩的事物而变得隽永绵长。浮光在这辑诗歌里，用唯美优雅的文字，阐释了青春和爱的日子，以及内心的喜悦、伤感、迷茫、无奈。"我将希望的种子撒向广袤的土地，却来不及收获真实"，她在诉说着一种存在，字里行间涌动着情感变奏的涓涓细流。

在她的笔下，只有时光和季节在争抢、倾轧，浮华过后，是更深的寂寞和失落。"我是无数的我里微不足道的轻尘／我也是轻尘里独一无二的存在／我是花／是阳光下灿烂的绽放／我是雨／是晨风里坠落的欢唱／一个我孤独地走在路上／另一个我坚守着麦田的渴望"，这一切，她只是用生动的意象，不动声色地传达给读者，使读者慢慢走近，并不自觉地被浓浓的情感浸透，这是对生活强烈的热爱，是自由主义、独立习惯的一种诗意的重述。

"我想／我就是狐仙／深山里修炼千年／我变得出一桌桌饕餮盛宴／和同龄的伙伴用幻想／喂养着饥肠辘辘的童年。"品读浮光的诗歌，能体会到她的心路历程，可以感受到她对梦想的坚守，对与现实不同的另一种生活的向往，对精神家园以及美好情感的追寻，还有她的迷茫、困惑、恐惧、矛盾、叛逆、忧伤……

诗歌被称为是人类精神的历史，因此所谓诗人，就是以特定的语言形式，描写与社会、自然密切相关的，既是个性化的，也能与他人沟通的，甚至与天地共鸣的心灵世界。浮光的诗歌给我印象最深刻的，是她唯美的情愫，既有生命永恒意义上的，也有因个性特点、人生际遇、生活环境带来的、非常现实的尘世的情感；有对现实生活中某种幸福的满足，也有满足时心中隐藏的一丝遗憾，这种遗憾让她丰富的内心世界得以超越。她喜欢这样的沉浸，而这种独特的韵味让所有接近她的人也会不自觉地陷入她构筑的诗意中。

浮光是一个真正的写作者，她始终在找寻优雅的诗意生活和一首诗的力量，并赋予诗歌存在于世的活力，她的成功之处，在于她作品内在的动力。她正在通过自己的诗歌，让一种具有穿透力的声音，不断地向我们展现着力量。

浮光，无疑是诗人中的佼佼者。

陌上花开

- 你是我的孤独
- 最美的情郎,最美的诗
- 人生若只如初见
- 寂寞梧桐深院锁清秋
- 霸王别姬
- 千古绝唱
- 楼兰新娘
- 貂蝉洞的传说

你是我的孤独

“在那遥远的地方，有位好姑娘，人们走过她的帐房，都要回头留恋地张望……”每当听到这首悠扬抒情的民歌，就不由得想到王洛宾，一个把西部民歌传唱到世界各地的人。

2015年11月15日，北方已是冬季，我随中央人民广播电台《好歌印记》栏目组来到还处在炎热之中的广州，采访王洛宾之子——王海成先生，听他讲述他父亲的人生传奇，以及那些耳熟能详的歌曲背后鲜为人知的故事。

我这篇文章所要写的，是王洛宾晚年与台湾女作家三毛之间凄美的爱情故事。

说起王洛宾和三毛，就不得不从王洛宾的婚姻说起。他一生经历了两次婚姻，第一次是他的初恋，妻子叫杜明远，后改名洛珊，他俩在一次舞台演出中一见钟情。1937年“七七事变”爆发后，他们一同从繁华的北京来到大西北，投身到抗日救亡运动中，同年两人结婚。

从1937年到1941年，两人辗转兰州、西宁，其间创作出了许多抗日救亡歌曲，也经历了无数次生与死的考验。洛珊很崇拜王洛宾，在她眼中，他是才华横溢的，他的歌声与舞姿强烈地吸引着她，他也沉醉在她火热而奔放的激情里。然而西宁恶劣的自然环境令洛珊再也无法忍受，最终回到兰州并且移情别恋。1941年，王洛宾痛苦地与洛珊解除了婚约。

谈到王洛宾的第二次婚姻，王海成先生笑着说："父亲告诉我在结婚前他从没见过母亲，根本不知道母亲长什么样，直到入洞房掀开盖头才看见母亲是那样美丽。我有点不相信，父亲是一个情感丰富的人，他怎么会不先看看新娘的模样就结婚呢？"

王洛宾有着诗人的情怀，诗人的激情，诗人的单纯。与第二位妻子黄玉兰的结合，令他感受到了一种宁静、温馨、平和，他享受着三个儿子带给他的其乐融融的家庭之乐。

然而，这种幸福的日子没能持续多久，"我出生后八个月，也就是1951年，母亲因病永远离开了人世，至死都没能见上父亲一面。由于种种原因，父亲也是在几年后才知道母亲去世的消息"，王海成说。

从此，他选择孤独地生活。

"幸福中有美，幸福本身就是美。痛苦中有美，并且美得更真实。"

这是王洛宾对自己人生经历的最好注解。

1990年4月的一个午后，踏着春天的脚步，伴着丁香的芬芳，三毛走进了王洛宾乌鲁木齐的家。王海成说："台湾女作家夏婕来新疆采访父亲，回去后写了许多介绍父亲的文章，从此'西部歌王'在台湾叫响,三毛也是从那时起得到了父亲的地址。"

对于这次见面,王洛宾详细写下了自己当时的感受和情景:

海峡来客　一九九零年四月十六日

是谁在敲门

声音那样轻

像是怕惊动主人

打开房门

顿吃一惊

原来是一位女牛仔

模样真迷人——

镶金边的腰带

大方格的长裙

头上裹着一块大花布

只露着滴溜溜的一双大眼睛

用这只短歌唱出海峡来客给我的第一印象

我们相对注视了一会,客人开口:"是洛宾先生吗?"

"是,请进!"

我把客人引进客厅,端水返回时,她正摘下礼帽,打开花巾,对着钢琴上的镜子一甩头,把弯曲的长发披满肩头,简直是神话中的仙女动作,当时我在心中编了一段歌词,作为《掀起你的盖头来》的第五段:

美丽的长发披肩上

像是天边的云姑娘

抖散了绵密的忧伤

三毛问他:“你一个人住在空荡荡的大房子里没有寂寞感吗?”

王洛宾反问:“你一个人四处流浪,不寂寞吗?”

三毛说:“流浪本身就是为了排解寂寞。”

三毛抱膝而坐,听王洛宾讲述着自己坎坷的人生经历。

三毛为王洛宾唱了自己的那首《橄榄树》,声音轻柔;王洛宾也唱起自己创作的那首歌《高高的白杨》。当听到“孤坟上铺满丁香,我的胡须铺满胸膛”时,三毛流下了眼泪。

三毛的心再也不能平静。她被王洛宾的传奇人生震撼,被他的艺术才华倾倒,其中也包含着敬仰、爱慕、同情……她觉得自己的心和这位老人连在了一起,再也难舍难分。她以丰富的想象力,在心中描摹着一位饱经磨难的艺术家的风采,渐渐,年龄的差距模糊了,精神融为一体。她迷醉在他动人的歌喉和浪漫的传奇里,回到台湾后,三毛很快给王洛宾写了信,向他表白了自己的爱:

我亲爱的朋友,洛宾　1990年4月27日

万里迢迢,为了去认识你,这份情不是偶然,是天命,没法抗拒的。

我不要称呼你老师,我们是一种没有年龄的人,一般习俗的观念约束不了你也约束不了我。尊敬与爱并不在一个称呼上,我也不以为你的心老了。

闭上眼睛,全是你的影子,没有办法。看我们的眼睛,看我们不约而同的帽子,看我们的手,还有我家中蒙着纱巾的灯,跟你都是一个样子。你无法要求我不爱你,在这一点上,我是自由的。

上海我不去了,给我来信。九月再去看你。

寄上照片四张，还有很多，每次信中都寄，怕一次寄去要失落。想你，新加坡之行再说。秋天一定见面。

三毛

信立刻就寄出了。王海成说："父亲没有对任何人说起过他收到这封信时的想法。"

1990年9月的一天，三毛再次踏上乌鲁木齐的土地，奔向王洛宾，满怀憧憬地奔向自己的幸福。三毛真挚的忘年情，恐怕除了她自己外任何人也无法理解。她不顾一切地要来乌鲁木齐，陪王洛宾一起生活。她想以自己女性的温柔，抚平岁月在王洛宾身上留下的伤痕。

8月23日傍晚，飞机抵达乌鲁木齐机场，王洛宾早已在机场迎接，同去的还有拍摄《洛宾交响曲》纪录片的新疆电视台摄制组。

当三毛走下飞机，看到灯光闪烁的欢迎队伍时立刻退回到飞机上怎么也不肯下来了。她非常疲倦，在北京的几天太紧张了。赶写电影旁白；和朋友们整夜整夜地聊天；白天跑琉璃厂搜购古旧图书……实在是太累了，真想美美地睡它三天三夜。而摄制组则想通过这次难得的机会拍一些镜头加在纪录片里。

最后，三毛在王洛宾的再三劝说下勉强配合了这次接机。可是她心里也不可避免地留下了阴影。

王洛宾请了两个女学生照顾三毛的生活起居。"我和妻子、孩子也常去看望她，也请她到我家做客，她喜欢吃拉条子，那次在我家吃了很多。"王海成说，"她说话声音很柔软，像小姑娘说话的声音和语气，开始听了还有些不习惯"。

王洛宾和三毛到王海成家吃饭的时候，路上会碰到很多人和王洛宾打招呼。“在这段长长的路上，每当别人问起三毛是谁，父亲都会不厌其烦地介绍说是台湾的三毛，于是街坊邻居就会投以复杂的目光。三毛是一个特立独行的人，衣着和言行举止似乎和周围人格格不入，她感觉到了压抑和不舒服。”王海成说。

不知道为什么，电视摄制组的开拍日期，偏偏选在了三毛到达的那一天。接连几天里，不是把王洛宾拉出去拍外景，就是到王洛宾寓所拍实况。熙熙攘攘，打破了三毛的宁静。

这一天，编导们说要拍三毛访问王洛宾的戏，他们一时来了灵感，为三毛设计了一套动作：身穿睡衣，蹑手蹑脚地走到王洛宾卧室门前；再轻手轻脚地把从台湾带来的歌带放在门下——给王洛宾清晨起床后一个惊喜！戏是好戏，真是创造性的构想。可也完全是做戏。三毛身不由己，忍耐着把戏演完。她把早已送给王洛宾的磁带拿过来，礼物成了道具，按照编导的要求，如此这般地表演一番，让摄像师摄入镜头。

拍完这场戏，三毛就病了，卧床不起。她再也忍受不了被人摆弄的屈辱。但她又不能发作。只好闭门不出，拒绝见人。她感到委屈，陷入极度的痛苦。她不明白王洛宾为什么要引来那么多人介入他们的生活。

然而这些，王洛宾并没有感觉出来，他一刻不停地工作着，忙碌着，从早到晚忙着拍他的纪录片，连三毛生病都无暇照顾。三毛每天面对的依然是空荡荡的房子，直到晚上才能看见王洛宾的身影。身体和精神的双重痛楚折磨着三毛，她开始失望。心中的无名之火，愈积愈烈，如同地下岩浆，奔突着，寻找喷火口。

终于有一天，当王洛宾把盛好的饭端给她时，她爆发了，大声喊:“你要饿死我吗?我要杀了你!”然后,收拾好自己的行李搬到了宾馆。

王洛宾感到一丝愧疚,于是到宾馆去看望三毛,但是查来查去没有一个叫三毛的人,最后查出三毛是以“陈平”的名字登记入住的。这下,宾馆沸腾了,服务员们跟着王洛宾来到三毛门前请求签名留念。当三毛打开房门看到这种情景,她一把搂住王洛宾大哭:“我不要别人,我只要你!”

这是怎么啦?问题出在哪里?事后,王洛宾只是说:“三毛的性格有点怪。”

三毛自己说:“我就是这么怪怪的。”

人生经历、生存环境、观念形态,诸多的不同,使三毛和王洛宾,无法疏通30多岁年龄差距造成的鸿沟。

年近80的王洛宾,生活给他刻下的伤痕太深太深;三毛的一颗爱心,远不能抚平这位老人深重的心灵创伤。当三毛热烈地飞到王洛宾身边的时候,对于她至深至诚的忘年情,王洛宾没有接受的勇气。他有他自己的思维定式,囿于坎坷人生和现实生活赋予他的理性。而当三毛改变初衷离去的时候,他才明白自己失去了一份多么宝贵的感情。9月7日那天凌晨,王洛宾去乌鲁木齐机场为三毛送行。当飞机腾空而起时,他觉得自己的心也悬在了空中。

三毛带着遗憾结束了自己的伤心之旅,结束了自己的梦。她把那一段激情,连同失望和痛苦,埋藏在心底深处。她只对大陆一个朋友和香港的一个朋友述说了在新疆充当“电视演员”的怪诞经历,除此未向任何人透露真情。既然人们喜欢做戏,就用那些假象去满足人们吧。她宁愿自己默默地承受,也决不让别人分担自己的痛苦;更不忍让伤痕累累的王洛宾再受刺激。

三毛的世界,是自由的、独立的、无拘无束的,在她的心里,没有经过本人允许的任何形式的进入都是不尊重,她接受不了这种行为方式。“三毛说,在台湾,没有经过允许是不能随随便便去拜访人家的。就是李登辉邀请她,她要是不愿意去直接给他回复不去就可以了。”王海成说。

王洛宾的世界是孤独的,在妻子去世后的几十年里,他一直选择孤独地生活,他的世界只有音乐,他把音乐早已当作自己生命的全部。在他过去的坎坎坷坷里,他虚度了太多的时光,他想把失去的时光加倍补回来,他在屈辱和磨难中度过了他的前半生,对来之不易的自由备加珍惜,对于和音乐有关的工作,对和他朝夕相处的同志以及街坊邻居无法拒绝,或者说,他从没学会过拒绝。于是,当三毛进入他的生活后,他依然以自己的方式生活着,并且在毫无思想准备的情况下伤害了她。

爱本身没有错,跨越了海峡的爱更弥足珍贵,然而各自所处的世界却有着太多的不同,理想和现实之间总是存在着差距,这对于充满浪漫思想的三毛来说,犹如碰上礁石的浪花。或许,这是两个不同世界的人心灵碰撞后的必然结果。

三毛临走时,在王洛宾的钢琴上留下了发卡。王洛宾写了首歌作为纪念:

幸福的D弦
我常拨弄琴弦独自漫步在海滩上
琴声那样忧郁伴随着无尽惆怅
今天我抱起吉他琴声却这样明朗

像一只自由的白鸥追逐着海波浪
虽然sanmcor不在身旁
琴声依然这样明朗
因为她那发针插在D弦上
啊　我幸福的琴弦奏起幸福的交响
她那粉红的发针曾经插在鬓发上

三毛走后，王洛宾给她写了一封信。三毛在外旅行一直未归，她由乌鲁木齐直飞成都，去西藏，又去三峡、沪、杭、香港，回到台北已是11月中旬，看到王洛宾的信在家里等她。她给他写了最后一封信：

洛宾　谢谢你还记得我

想你已经回到了新疆。我是11月16日才回到台湾，由香港回来的。

明年1991年，我回西班牙身份证早已过期，护照也将在近期内满期了。所以被迫要到欧洲去办手续，大约是二月就飞去了，预往半年或一年，以后回不回台湾不知道。

我在十一月十四日，去香港与英国老友o'sheal先生订婚，没有登新闻，没有通知任何人，只两个人悄悄出去吃了一顿晚饭，回台禀报父母，如此而已。

o'sheal比我长些，是大学在德国一同进修的同班同学。

想来新疆已经很寒冷了，但去过之后知道居室内不冷，比较放心。

海成有张照片在我这里，如果给我海成地址，我可寄去给淘淘，非常感谢海成对我的招待。

洛宾，我走了，祝福我，未来的日子平静快乐，谢谢，未来我将及seatland回台，只是看望父母而已了。

谢谢你，也祝福你。

杨老师请代我问候，李桦先生一同。

平平 上

1990年12月11日

收到这封信，王洛宾立刻写了回信，他为三毛的“订婚”由衷地高兴。他寄去了最诚挚、最亲切、最热烈的祝福。彼此的心里，似乎由此得到了平衡。王洛宾自三毛走后久久空悬的心，也踏实地放了下来。

然而，1991年1月5日，三毛却在台北荣民医院自溺身亡。

王海成说：“我听到三毛去世的消息后非常震惊，骑着自行车不顾寒冷到父亲家告诉了他这个消息。走进客厅的时候，看见父亲坐在沙发上一动不动。我告诉他三毛自杀了，父亲很久很久没有说话，然后说他已经知道了。”

1991年7月30日，在三毛离世7个月后，年近80的王洛宾选择皈依佛门，法号：莲花洛宾。其中缘由，想来应该与三毛的离世有关吧。

1996年0时40分，一生充满梦想和歌唱、也备受磨难和屈辱的王洛宾停止了呼吸。

谁也无法明白三毛自杀的真正原因，流浪的厌倦？爱情梦想的破灭？对于她来说，爱情何尝不是一种信仰。如果不是，为何在荷西走后几欲轻生？为何浪迹天涯追寻自己的梦想？为何万里迢迢追随王洛宾而来？如果不是信仰爱情，又为何选择了死亡？

活着容易，死却是需要勇气的。

“尽管我这一生都很坎坷，我的爱情都没有好结果，我仍然觉得，爱情就是信仰。”这是王洛宾说过的话，他用自己的一生践行着这种信仰，这种信仰体现在他的婚姻上，融进他的音乐里，根植在他的思想中。

最后，让我用王洛宾为三毛写的那首献给死者的恋歌《等待》作为结束语吧。

等待

你曾在橄榄树下等待又等待，
我却在遥远的地方徘徊再徘徊，
人生本是一场迷藏的梦，
请莫对我责怪。
为把遗憾赎回来，
我也去等待，
每当月圆时，
对着那橄榄树独自膜拜。
你永远不再来，
我永远在等待，
等待，等待，
等待，等待，
越等待，
我心中越爱。

2015.11.16

最美的情郎，最美的诗

天地万物
都受到了我的体谅
我慈悲的心肠
让这一切都过目不忘
阿弥陀佛

一念之间
树叶便纷纷飘落
天已渐凉
我用自己的热泪温暖着诸佛
可是世间的落花流水
却还是依照旧的习惯
轮回运作

一直喜欢这样一行行短短的文字，这样若隐若现的情感，有时候，并不需要明白其中的意思，只要读着读着就能找到感动。像一种浅浅的哼唱，那么纯粹，不带一点杂质。

这段优美精致的文字，是西藏的六世达赖所写，他的名字略带绕口又不常见，他叫——仓央嘉措。

这些天，一直在看仓央嘉措的诗，毫无缘由的喜欢上了这些带着淡淡忧郁的诗歌，喜欢上了这个孤独的诗人。也许，至情至性，是每一位文字者的共性，对于这位“大逆不道”，不在寺庙静修，却跑出去谈恋爱的和尚，都会从感性的角度出发，同情并尊敬这位向往自由的活佛。

六世达赖喇嘛仓央嘉措，生于清康熙二十二年(1683)，卒于清康熙四十五年(1706)，在这个世界上，仅仅停留了短短25年。

西藏历史上有数十位达赖喇嘛，而能真正叫上名字的屈指可数，但偏偏六世达赖，却广为人知。作为一个喇嘛，他好像不太称职，但是在诗歌方面的才情，却让人咋舌不已。

仓央嘉措，意为”焚音海”，他是第六世达赖喇嘛，是一个农奴的儿子。

我想，能够和他媲美的，恐怕只有纳兰性德。

他们有太多的共同点。

都是康熙年间的才子。

一位是武英殿大学士明珠长子，身居正三品武官，是出身官宦世家的著名词人，精于骑射，但在书法、绘画、音乐方面的造诣更深。

一位是西藏六世达赖喇嘛，他风流倜傥，被称为“西藏情圣”。他的文字就像一股清泉，涌进人的心里，触碰到心中最柔软的地方。

他们同样英年早逝。纳兰性德死于寒疾，年仅31岁。仓央嘉措25岁，足迹消失在青海湖畔，死因成谜。他们都是天上转瞬即逝的流星，划过的那一道耀眼的弧线却照亮了后世，留给人们无尽的遐想。

纳兰性德说："我是人间惆怅客，知君何事泪纵横。"

仓央嘉措说："世间安得双全法，不负如来不负卿。"

仓央嘉措是活佛，是雪域之王，却喜好游乐，桀骜不驯，他仪容玮奇，神采飞扬，而且秉性通脱，"虽履僧王之位不事戒持，后宫秘苑，时具幽欢，又易服微行，猎艳于拉萨城内"。

都能拥有世间一切的男子，却都偏偏拥有世间一切惆怅，又都用美丽的文字给世间书写了最真挚的情感。

纳兰性德写道："曲阑深处重相见，匀泪偎人颤。凄凉别后两应同。最是不胜清怨月明中。半生已分孤眠过，山枕檀痕涴。忆来何事最销魂，第一折枝花样画罗裙。"

仓央嘉措写道："曾虑多情损梵行，入山又恐误倾城。世间安得双全法，不负如来不负卿。"

他们都是感情上的失败者，是爱情路上的踯躅游子。

纳兰性德一生有三段爱情，表妹佩芙因被选入皇宫以致生离，妻子卢玉婵18岁亡。后来又遇江南才女沈婉，两人一见倾心，然而纳兰性德的父亲明珠不喜欢这个女子，两人不得不离别。

仓央嘉措与仁增旺姆青梅竹马，后来他在布达拉宫坐床成为活佛，导致两人分离。在一次游历中，爱上一个民间女子玛吉阿米，并难以自拔，甚至溜出寺院与其相会。

与玛吉阿米的爱情，似乎比仁增旺姆更加炽热而令他着迷。

他们一直偷偷相会,柔情绵绵。爱她,就要保护她,这是一种可以保持距离的爱,也是为了长久才选择的道路。这样的爱,美丽如野花,在湿润的土壤里同样可以散发香气。

两颗来自不同方向的心,在这里相聚,一个是美丽骄傲的凤凰,一个是神秘的蛟龙。没有过多的语言,从初始到相知相爱,不离不弃,这是无声的誓言。把我的真心放在你手上,携手走过一生一世。

情到深处花自开,有了雨水的浇灌,爱情的花朵开得越发鲜艳。于是,年轻的活佛醉了,美酒佳人,一夜沉醉。醉人的温存,注定要激发情感的要求,情感的宣泄,小鸟依人般的情人,触动了他心底最柔软的地方,让他忘记了外面的风风雨雨,沉浸在两个人的小世界里不能自拔。

然而,这样的秘密,又能瞒得了多久呢?事情终于还是败露了。那个冬夜的凌晨,仓央嘉措从情人温暖的被窝里爬出来,出门的时候才发现,夜里不知什么时候下起了大雪,厚厚的积雪淹没了道路,天眼看着就要大亮,布达拉宫的值夜僧人就要开门了。容不得踌躇,他匆匆忙忙赶回寝宫。雪地上的两行脚印,终于泄露了他的秘密。这一年,玛吉阿米被爹娘带回了遥远的琼结。

仓央嘉措的感情仿佛午夜独自盛开的玫瑰,忧郁而苍凉,绝望而凄美,这里有着谁也握不住的天地,他的一生浓缩成一场漫长而宁静的思念。

桃花刚过
我就知道我死得过于荒唐
可是有哪个忌日

才能够让我重新成长
你有权崇拜我
大地山河轻得不堪承担
每一滴泪都不知道归向何方
有还是没有
难道只是天涯两相忘

风云变幻，世事变迁，仓央嘉措永远离开了布达拉宫，来到了青海湖畔。天上一丝风都没有，夜凉如水，他在寒夜之中瑟瑟发抖。他的心如同那平静的湖水，不起一丝波澜，他静静地等待着，就像湖水也在静静地等待着什么。

第二天清晨，阳光洒满草地，大山拖着长长的影子，草尖上挂着雾白的晨霜。只是，少了一个盘腿端坐的塑像，还有那一声轻轻的叹息。

我这一走
群山就停止了哭泣
我被世俗隐瞒
所有的鸟都朝着相反的方向偏激
从此不知魂归何处
……

不由得又想起了纳兰性德，那个翩翩公子，拖着满身酒气和满脸病容，却掩藏不住一身的英气和诗情。年少时心爱的伴侣离他而去，他面对的是永远的绝望和孤寂，在余生里，他把这份只属于他的无尽相思和哀婉凄楚发挥到了极致。

隔着岁月的河流，岸边站着两位至情至性、才华横溢的男子，他们在这世间停留的时间太过短暂，当31岁的纳兰和25岁的仓央嘉措如昙花般凋谢的时候，我们唯一能感怀的，只有那些美丽的诗句。

如果生命可以选择，纳兰性德不会选择在高墙森严的宫廷了此一生，如果时光可以流转，仓央嘉措也不会在戒律森严的布达拉宫成天盯着发黄的经卷。仓央嘉措可能去烟雨江南邂逅散发着水乡气息的婉约女子，他可能去拉萨街头和相恋的伴侣浪迹天涯。如果那样的话，世上便缺少了一声叹息，一声清丽如斯，灿烂如斯的叹息。

今天，我想说："如果没有寂寞寒夜里孤苦无伴的仓央嘉措，诗歌的历史上便少了一朵引人注目的奇花异葩。而当我们听到这个陌生的名字时，也许有人会去查询，结果可能是，他只是西藏历史上一个曾经的达赖喇嘛。"

仓央嘉措，他用25岁短暂的一生给高原大地留下了一道永不消退的彩虹。

一个诗人，一首情歌，一段传奇。

人生若只如初见

纳兰性德，原名纳兰成德，字容若，清顺治十一年（1655）甲午农历腊月十二生于京师，同年三月，清朝圣祖玄烨出生。两人日后的亲密关系，冥冥中似乎早有定数。

追溯纳兰家的兴盛起源，就要说到纳兰容若的曾祖父，他叫金台石，是叶赫部贝勒，其妹孟古于明万历十六年（1588）嫁给努尔哈赤为妃，生子皇太极。这之间的关系令之后的纳兰家族与皇室有了紧密的联系，也使纳兰家族的势力大增。到了纳兰容若出生的时候，纳兰家族已经成为清王朝的权贵。

他一出生，就被命运安排到了贵胄之家。

但他的悲惨命运似乎与他的天生富贵一起注定。他拥有了令天下男子都艳羡的富贵和门第，却有着一个孱弱的身体，这难以根治的疾病伴随了他短暂的一生。他忧郁淡漠，伤感悲情，大好的青春年华却有相当一部分时间是在病榻上度过。他的词作，总是充满了悲凉。

纳兰容若的身上，有着不同于一般清朝贵族纨绔子弟的远大理想和高尚人格，正因此，他厌倦官场庸俗的生活，无心功名利禄，虽“身在高门广厦，常有山泽鸟鱼之思”。他的诗文均很出色，尤以词作杰出，著称于世。词以小令见长，多感伤情调，间或有雄浑之作。24岁时，他把自己的词作编选成集，取名《侧帽集》，后更名为《饮水词》。再后来，有人把两部诗集增进补缺，编辑一处，名为《纳兰词》，从此传至后世。

他对朋友极为真诚，所交之人，皆一时俊异。这些不肯落俗之人，多为江南汉族布衣文人。纳兰容若仗义疏财，敬重他们的品格和才华，身边围绕着许多的名士才子，使得其居所渌水亭因文人骚客雅聚而著名。

最感动于纳兰的，是他对亡妻的深情：“若似月轮终皎洁，不辞冰雪为卿热。”这句诗引得多少痴心人泪水涟涟。

“谁道西风独自凉，风也萧萧，雨也萧萧，落尽繁华又一宵。繁华零落如此，空余恨，莫道无言，只洒悲秋泪。”“人生若只如初见，何须伤别离，又见小楼西，碧落知何许？”“人生若只如初见”，说得多好！与心爱的人相处，应当总像刚相识的时候那样温馨，那样亲密，那样深情而快乐。读着纳兰的词，一不小心，就爱上了300多年前那位才华横溢的多情公子。

爱纳兰，原因就像周敦颐所说：“予独爱莲之出淤泥而不染，濯清涟而不妖，中通外直，不蔓不枝，香远益清，亭亭净植，可远观而不可亵玩焉。”纳兰就是心中那一朵高洁的莲花。

纳兰之所以为纳兰，是因为他那与生俱来的哀愁，他该是江南烟雨中独斟的多情公子，几杯愁绪销不尽，孤对空楼月。他的绵绵哀伤绕不清，殆不尽。

或者，我还是喜欢叫他，容若，“胸纳幽兰，神荣略若”，翩翩浊世才子。

300多年前的书页已经泛黄，徒留下《饮水词》温润流淌。透过300多首婉丽娟秀、明净脱俗、感人肺腑的小令长调，仿佛能看到那个拥有绝世才华、出众容貌、高洁品性的人站在那里，散发着一股遗世独立、浪漫凄苦的气息，华美至极，多情至极，孤独至极。一个才华横溢、欲报效国家而不能如愿，一个因爱而陷入情感漩涡而不能自拔的多情男子，也被永远地留在了这些词作里。

寂寞梧桐深院锁清秋

“春花秋月何时了，往事知多少？小楼昨夜又东风，故国不堪回首月明中，雕栏玉砌应犹在，只是朱颜改。问君能有几多愁，恰似一江春水向东流。”一直很喜欢这首《虞美人》，不但常读，而且常常哼唱，每当唱起这首谱曲的词，内心对于南唐后主李煜的感叹就会涌上心头。

李煜（937—978），五代南唐国主，世称李后主。公元975年宋兵破金陵，李煜投降，后被杀。李煜能诗文，擅音乐，工书画，尤其以词著名。他对自己的身世及现实充满了吟叹的情绪，作品在题材和主体上突破了晚唐五代词以艳情为主的内容，成就巨大。

被俘期间，身为阶下囚的李煜，日日过着以泪洗面的生活，千古传诵的《虞美人》就诞生在这样的环境中。也正因为这首词，他被宋太宗赵光义派人毒死。

李煜是南唐的末代后主，他即位之时，南唐国力已呈衰颓之势，国破家亡的阴影时时笼罩着这位性格懦弱的国主。他仇恨宋朝的压迫，却害怕用武力与宋朝相抗衡，只要能以小邦苟且偏安，他甘愿贡物称臣。

政治上的懦夫，文化上的巨人，这两种矛盾的性格竟然和谐地统一到李煜身上，塑造了中国封建社会罕见的一位帝王。

李煜的父亲李璟是词坛高手，李煜自小便生活在这样一个优越的文化环境中，对词也尤为喜爱。他即位时，国力日衰，他所面临的是“无可奈何花落去”的命运，因此这时期他的词一部分表现为对宫廷豪华生活的迷恋，一部分则饱含着沉重的哀愁。

被俘以后，总有一种无法遏制的思乡之情。在“朕即国家”的社会里，对李煜来讲，国破就是家亡，因此，这时期他的词虽然倾诉的是个人哀愁，但这哀愁与国家的沦亡息息相关，意境大异往昔，深哀剧痛，非常感人。“无言独上西楼，月如钩。寂寞梧桐深院锁清秋。剪不断，理还乱，是离愁，别有一般滋味在心头。”

李煜的皇后周娥皇通史书，善歌舞，尤其弹得一手好琵琶，深得李煜宠爱，两人朝朝暮暮，整日沉浸在轻歌曼舞之中。周娥皇死后，李煜对她思念不已。但作为君王，很难做到爱情专一。周娥皇有个妹妹，史称“小周后”，长得仙姿绰约，神采端静。周娥皇在世时，李煜和小周后就常常约会。对于李煜和妹妹的风情，周娥皇只有暗自神伤，终于郁郁寡欢，命归黄泉。

小周后的音律才华比不上姐姐，但却是下棋的高手，酷爱围棋和象棋，因而也备受身为棋迷的李煜宠爱，二人常常布局厮杀，以此为乐。

李煜擅长书画，绘画清爽不凡，别具一格。所画林木飞鸟远远高出一般画家。所画风虎云龙亦有霸者风采。他喜做行书，落笔瘦硬而风神溢出。由于他的书法很有特点，人人以得到他的作品为荣。

公元978年七月初七，李煜被毒死。这一天正是民间传说中牛郎和织女相会的日子，狠心的王母用金簪在天上划出了一道天河，将牛郎和织女这对恩爱夫妻活活拆散。每年的这一天，喜鹊仙子就召集天下的喜鹊，在天河搭桥让他们相会。在这个充满中国文化精神和风俗的日子里，李煜降临人间，又命归黄泉，历史竟是这样出奇的巧合。

李煜虽然无能，却不是暴君，他减赋息役，深得民心。江南绅士百姓听到李煜的死讯，都失声痛哭，设斋祭奠。那些曾经入掖庭的宫娥，都手写佛经，为李煜祈祷冥福。李煜的宽厚仁慈可见一斑。

宋太祖赵匡胤曾言："像李煜这样文绉绉的人只能做翰林学士，哪配做一国之主。"这话可以说颇为中肯。如果细数中国历史上政绩沛然的封建帝王，李煜恐怕会名落孙山，但如果要衡量一下帝王们的文采才情，他想必会独占鳌头。他精通琴棋书画，尤以诗文著称，其"问君能有几多愁，恰似一江春水向东流"的诗句千古传颂，魅力无穷。

霸王别姬

“生当作人杰，死亦为鬼雄。至今思项羽，不肯过江东。”这是宋代女词人李清照写的一首诗。每每读起，总感荡气回肠。

项羽，战国时期楚国贵族。秦始皇灭楚后，迁移到今江苏省宿迁市过着隐居生活。秦始皇的残暴统治，激起了民众反抗，全国掀起了反抗暴秦统治的热潮。陈胜、吴广大泽乡起义后，项羽随后从会稽起兵，迅速拉起了一支8000人马的子弟兵，加入了轰轰烈烈的反抗秦朝统治的起义大潮中，从此，开始了自己短暂而辉煌的戎马生涯。

虞姬，据史料记载，原名妙弋，又名虞薇，和项羽一样，是楚国贵族。容貌倾城，才艺并重，舞姿美艳。特别是她的剑，舞得轻盈如水。相传出生时，“五凤鸣于宅，异香闻于庭”。

历史上，凄美而令人震撼的爱情故事很多，而项羽和虞姬的凄美爱情更是不变的千古佳话。

项羽是一个力能扛鼎、气压万夫的盖世英雄，中华数千年历史上勇猛的将领之一，“霸王”一词，专指于他。自从会稽起兵之后，他东征西讨，戎马倥偬，巨鹿之战，用区区几万兵马大败章邯几十万军队，以自己的威猛，征服了各路诸侯，逐渐成为各路诸侯的统帅，和刘邦相争天下。

先入关者为王，这是楚怀王的约定。项羽性格暴躁，刚愎自用，快意恩仇，他坑杀了秦国20万投降的士卒，火烧阿房宫，在复仇的快意中也失去了民心。鸿门宴，也因为自己的仁厚轻易放走了带给自己灭顶之灾的天敌刘邦，从此，他不仅改写了中国的历史，也彻底断送了自己，注定了虞姬的悲惨命运。

垓下，刘邦大将韩信设下了十面埋伏，唱起了四面楚歌，把项羽团团围困。项羽明白，自己这次是彻底失败了。他望着自己的爱姬，这个他一生钟爱的女人，内心里第一次生出了悲凉和绝望。他第一次深刻地担忧起了这个女人的命运。毫无疑问，他的战死，将会使这个女人陷入悲惨的境地。

四面楚歌声中，虞姬依偎在自己爱人的怀里，她不愿与这个男人分离，这个让她无比依恋、无比崇拜的男人。他真诚、专一、敢作、敢当、爱憎分明。她那满含幽怨的美丽眼神，曾经多少次让霸王沉醉其中，也使他充满无穷的力量，多少次浴血奋战，创造了一个又一个不朽的传奇。

如果还有来生，她还会选择这个男人，选择这个正直、血性的盖世英雄，一起征战沙场，一起挥舞手中的宝剑，为他欢歌，为他舞蹈，再续一段荡气回肠的爱情。

虞姬泪流满面，她的哭声刺痛了项羽的心。他哭了，这个从不落泪的英雄流下了热泪。他望着面前自己无比宠爱的美人，望着陪伴自己征战沙场的乌骓马，回顾以前的辉煌，听着四面楚歌声，不禁慷慨悲歌：

力拔山兮气盖世，
时不利兮骓不逝。
骓不逝兮可奈何！
虞兮虞兮奈若何！

项羽知道，自己的事业将要烟消云散，自己的灭亡也不可避免，他没有留恋，没有悔恨，也没有叹息。他唯一忧郁的是他所挚爱的，随他一起东征西讨的虞姬，他战死后，她将如何？于是无限哀伤地唱出了"虞兮虞兮奈若何"的千古悲歌。

虞姬在旁听了，柔肠寸断，泣不成声。她若断若续地吟唱：

汉军已略地，
四面楚歌声。
大王意气尽，
贱妾何聊生。

身边亲信在旁听了，个个情不自禁，大放悲声。虞姬从霸王的腰间猛然拔出宝剑，向自己的颈上一横，就这样香消玉殒。霸王抚尸大哭，然后就地掘坑，掩埋了虞姬，随后跨上战马，杀出重围，到了乌江边，拔剑自刎，年仅31岁。

我似乎刚刚从乌江边归来，目睹了那悲壮的一幕。我真的不忍回想那个已经逝去的31岁的生命。其实，他是可以不死的，他还可以继续活下去，东山再起。可是他却选择了死。这就是他，项羽，一个敢爱敢恨、顶天立地的男子汉！他不想以一个失败者的形象再踏上故乡的土地，因为，他的血管中流淌着贵族的鲜血。这种贵，包含着责任、尊严和荣耀。

立志图秦表现了少年的豪气，破釜沉舟体现了生命的锐气，裂土封侯反映了兄弟的义气，痛别虞姬展现了真爱的勇气，乌江自刎书写了生命的豪气。我常常想，也许，正是这样的一个英雄，才让虞姬，这个美丽而坚贞的女子生死相随，成就了一段荡气回肠的千古绝恋。

浪淘尽，千古风流人物。然而，霸王别姬，却仍那样深地印刻在我的心中，每想到他们，心中就会多一份哀婉和感叹。

千古绝唱

古老而年轻的青藏高原，在几千年人类文明的历史长河中演绎许多伟大而壮丽的历史诗篇。这座古老而年轻的高原在广阔宏达的时空里不断创造着中国历史乃至世界历史上的奇迹，以奇异的地理构造和地貌景观，以独特而丰富的多民族文化，成为举世瞩目的“世界屋脊”。在这号称“地球第三极”的大地上，远去的历史也向我们叙述着一段又一段震撼心灵的故事和许多古老而神秘的传说。随着时光飞逝，远古的辉煌与壮烈早已远去，但历史留给我们的记忆却不曾磨灭半分。

唐蕃古道就是唐朝和吐蕃之间的交通大道，是我国古代历史上一条非常著名的道路，也是唐代以来中原内地去往青海、西藏乃至尼泊尔、印度等国的必经之路。这个因为一场盛大的婚礼而得以发展延续的道路，在千年后的今天依旧被人们怀想，理由不仅仅是因为曾经繁忙的古道给当地藏汉政治、经济、文化带来的繁荣，更重要的是，那是两个强大帝国之间交好的标志，是藏汉两个民族友好关系的开始。

正是公元7世纪初，文成公主远嫁吐蕃赞普松赞干布的这场煌煌大婚，使得藏汉之间的友好关系得以建立，并绵延至今。当年那场具有政治意义的婚礼在揭开一段不同凡响的历史帷幕的同时，也高奏了一曲千古绝唱。

1000多年来，高原历史不管怎样演变，这桩婚姻和唐蕃古道始终形影相伴，在银装素裹的高原大地上传颂着文成公主那无比圣洁的芳影。于是，古道以其悠远和传奇的历史不断向一代代人诉说着那段远逝的岁月。

文成公主原是唐太宗一个远亲李姓侯王的女儿，她不仅人长得端庄秀美，而且饱读诗书，知书达礼，有着良好的家教，举手投足间不失泱泱大唐帝国应有的风范。

对于一个从小到大一直过惯养尊处优日子的人来说，突然间要远离繁华的大都市和尊贵的宫廷到荒凉的高原去，在那里生活一辈子，而且有可能一生再也回不来，对谁都是一个巨大的考验。也因为如此，文成公主入藏一直像谜一样引发着后人的众多猜测，她与吐蕃赞普的爱情就如她毅然前往吐蕃的态度一样让人充满了好奇，同时令人佩服和感怀。

入吐蕃之后，文成公主用款款柔情对待松赞干布，使得这位生长于偏远之地的年轻国王深切体会到汉族女性的修养和柔情。他对文成公主不但备加珍爱，而且对她的一些建议也尽力采纳。文成公主则凭着自己的知识和见地，悉心体察吐蕃的民情，然后提出多种合情合理的建议，协助丈夫治理这个地域广阔、民风彪悍古朴的国家。

而最让人敬佩的是，文成公主在吐蕃生活的40年中，有近30年是在松赞干布逝世后独自度过的。但她没有消沉，而是始终牢记肩上的重任，一直致力于唐蕃之间友好关系的建立和吐蕃国的建设。我们无法获知她本人有多幸福的个人生活或者爱情，但她带去的各种谷物、工艺品、药材、先进技术、书籍等，对吐蕃的农牧业、手工业及宗教文化等的发展都起到了极大的推动作用，促进了吐蕃的社会进步。松赞干布非常欣赏贤淑多才的文成公主，吐蕃人民也非常爱戴这位汉族公主。著名的布达拉宫至今保存着文成公主和松赞干布结婚的洞房遗址，拉萨的大昭寺至今还供奉着她的塑像。

唐高宗永隆元年(680)，文成公主在逻些城(拉萨)病逝，唐朝特派使者前往祭奠。虽然此时唐蕃之间的关系已大不如从前，但文成公主受到吐蕃官民的敬仰并不因与唐朝关系的疏远而稍减，她的逝世引起了所有视她为神明的吐蕃人民的哀痛。

文成公主出嫁的历史意义，已远远超出了统治者所期望的政治作用。藏族人民视文成公主为“绿度母”，歌颂文成公主的藏戏《文成公主》长演不衰，历久弥新。

文成公主和亲，成为汉藏历史上友好交往的佳话，她本人也成为和亲公主的代名词，在浩浩荡荡的和亲公主的队伍中，文成公主常常以典范被人提及。如今历史烟云散去，唐蕃古道昔日的土路已经被柏油公路所代替，但沿着这条公路前行，依旧能从沿途星罗棋布的古驿站、城池、村舍和古寺中感受到盛唐遗风和吐蕃王朝的文化气息，还有文成公主留下的诸多印记……

楼兰新娘

我的爱人
曾含泪将我埋葬
用珠玉和乳香
将我光滑的身躯包裹
再用颤抖的手　将乌羽
插在我如锻的发上
他轻轻合上我的双眼
知道　他是我眼中最后的形象
把鲜花撒满在我胸前
同时洒落的
还有他的爱　和忧伤

每每读席慕蓉的这首诗,心中总会泛起一股忧伤。那在新婚之日死去的美丽新娘，让我对这个神秘的国度心怀向往。

4000多年前，古丝绸之路上的繁华之邦楼兰古城是西域的一个小国，属西域三十六国之一，是丝绸之路的要冲，中西方贸易的必经之地。司马迁在《史记》中曾记载："楼兰，姑师邑有城郭，临盐泽。"这是文献上第一次记载楼兰城。

楼兰人居住在新疆塔克拉玛干沙漠的东部，罗布泊的东北缘，是边境重镇，公元前176年以前建国，公元630年消亡外迁，有800多年历史。楼兰疆域东起古阳关附近，西至尼雅古城，南至阿尔金山，北至哈密。

西汉时，楼兰的人口总数为14000人，那里经济繁荣，物产丰富，商旅云集，有热闹的街道和高大的佛寺、宝塔，身边有烟波浩渺的罗布泊，门前环绕着清澈的河流，人们在碧波上泛舟捕鱼，在胡杨林里狩猎，沐浴着大自然的恩赐，过着幸福而快乐的生活。

汉晋时期，楼兰地区出现了蒙古人。这时的楼兰出现了农业文明，并以其在丝绸之路上的重要地理位置，传递着东西方文明。东晋后，中原群雄割据，混战不休，无暇顾及西域，楼兰逐渐与中原失去联系。

不知自什么年代开始，这个美丽的国度，这座繁荣喧闹的古城，在历史的舞台上销声匿迹，史书中没有留下半点墨迹，就永远埋没了它的百代风流，千年繁华。

楼兰古国究竟在何方？又去了何处？这些均成了人们猜测若干世纪的不解之谜。传说楼兰古国或毁于战乱，或毁于断水、瘟疫和风沙。而楼兰人在巨大的灾难面前选择了逃亡，他们逆塔里木河而上，欲哭无泪，欲喊无声。虽然逃亡的楼兰人一代又一代做着复活楼兰的梦，然而，梦只是梦，做到最后，连做梦的人都等不及，消失了，只给世人留下了无尽的感叹和向往。

直到1700年后的今天，人们才在塔克拉玛干沙漠的东缘，偶然看见了楼兰残破的城墙和佛塔。它们还保持着它“谢幕”时的姿态，令人恍惚觉得历史就发生在昨天。

提起楼兰古城，人们都会想到瑞典探险家斯文·赫定，因为他在1901年首次对外宣布楼兰古城的存在，向人们揭示了楼兰的历史：上溯4000年左右的一段时期，楼兰地区生活着一支以游牧为生的金发碧眼的原始欧洲人种，他们留下几具干尸，就神秘地走了，徒留一片废墟静立在沙漠之中。

楼兰王国的历史远不是一个楼兰古城所能揭开的。斯文·赫定在探险时发现了一条流向东南的河流。它宽20米，总长约120千米，水流迟滞，一串串小湖沼被芦苇、红柳环绕。它是库姆河复苏后出现的新河，历史不足10年。在他们沿这条河流进入沙漠前，临时给它起了一个名字叫“小河”。小河东岸4000—5000米，有一个浑圆的小山丘。山丘上遍地都是木乃伊、骷髅，以及被肢解的躯体和随时绊腿的巨大木板和厚毛织物碎片。

在一个船形木棺中，有一具保存完好的女尸。打开棺木，严密的裹尸布一碰就风化成了粉末。揭开覆盖在面部的朽布，一个年轻美丽的姑娘，双目紧闭，嘴角微翘，就像中了魔法刚刚睡去，脸上浮现着神秘会心的微笑，这就是传说中的“楼兰新娘”。她已在沙漠之下沉睡了2000多年。她长发披肩，身材娇小，身高约1.58米。

很小的时候听过这样一首歌：

有一个蒙着花盖的新娘　看不到她那纯真的脸庞

踏着一串悠扬的歌声　去往出嫁的路上
有一个蒙着花盖的新娘　捧起黄沙半个太阳
留给我永不流逝的芳香　牵走我日夜的梦想
楼兰姑娘你去何方　楼兰姑娘你去何方
前面路太远前面风太狂　不如停在我的帐房

就是这首《楼兰姑娘》，让我对这个神秘的国度心怀向往。

我曾经无数次猜想，那位美丽的楼兰新娘，一定有着大大的眼睛，高高的鼻梁，尖尖的、微微上翘的下巴和迷人的微笑。她一定和她的爱人，泛舟于曾经水丰鱼肥、烟波浩渺的罗布泊湖上，甜美的歌声回荡在蓝天和碧波之间，绿了河流，美了蓝天。

可是多么遗憾！那么美丽的新娘，为什么在新婚之夜死去？她带着无限的留恋和哀伤，不忍合上双眼，不忍抹去爱人在眼中的最后形象。那一刻，我想，她一定是绝美的，美得凄凉。

能被千年埋葬，也是一种幸福。离别虽然哀伤，好在还有梦，还可以幻想。在无尽的荒凉之上，在无边的暗夜里，美丽的楼兰新娘，怀揣着那已不复存在的温柔，安慰着千年旧梦，这颗心也可以重新感觉所有当年被浪费的美好时光。楼兰新娘，陶醉在自己亘古的甜蜜与悲凄里。

常常幻想，自己也是位美丽的楼兰姑娘，在碧波荡漾的罗布泊湖上，追逐着自己美丽的梦想。

貂蝉洞的传说

陕北有一句很有名的俚语："米脂的婆姨绥德的汉，清涧的石板瓦窑堡的炭"，这句俚语让作为美女代名词的"米脂婆姨"闻名遐迩。"米脂的婆姨"是形容米脂女人(方言称婆姨)聪明、贤惠、美丽、能干。说到米脂婆姨，人们自然会联想到貂蝉，只要一说到貂蝉，人们都能兴致勃勃地给你讲上一段有关貂蝉的传说。

在米脂，有一个名叫艾蒿湾的村落，村北山顶的西坡，赤土皱鳞，其中一处虽地势低凹却呈嶙峋腾空之势，脐下，豁然开一深洞，这就是传说中的貂蝉出生地——貂蝉洞。

一条河，在黄土高原和草原之间做了个柔美的转身，画了一道弯弯的曲线，然后像是早已有了梦中所向，没有犹豫，坚定地由北向南畅快而去。河床渐渐宽了，河水虽少了婉约，却以一副耿直、豪爽的模样，坦坦荡荡地流出了个性。

这条河就是无定河。在无定河中游、广袤雄浑的黄土高原腹地上，就有这样一个县城——米脂县。

东汉末年，风云变幻，是一个动荡不安的年代。多少年来，汉人和羌胡人一直杂处着，一代又一代，无论他们来自哪里，当生命的延续如同他们身体的血液一样自如畅通时，他们都将这里视为自己的家乡，自己的故土。在农牧文化和农耕文化的杂糅并举中，男人和女人的外貌形象也发生着微妙的变化。

这里的男人都有着强健的体魄。他们高大魁梧，习惯了拉弓射箭的臂膀在阳光下健康得耀眼。端正的方方脸庞，浓眉大眼，那眼球亮着不同的颜色，黑色的，褐黄的，棕黄的，或是完全土地的黄色。女人们圆圆的笑脸、浓浓的弯眉下，忽闪着长长的黑睫毛，睫毛下那双好看、多情、水汪汪的大眼睛深情款款。你只要看上一眼，就会陷进去。那眼球，也如男人一般闪烁着不同的色泽。

1800多年前的无定河畔，一湾清水边，正有一个俊俏的女子水汪汪着那双晶亮的毛眼眼，蹲在无定河的石板板上，一双绵软小手撩着清凌凌的河水洗着衣服。女子感受着夏季河水的清凉怡人，远山是铺天盖地的茫茫绿海，近处的树木在清风中摇曳，桃红柳绿，阵阵蝉鸣。当女子看到不远处的河水中一对对鸳鸯亲密嬉戏时，不禁有些羞涩，有些遐想，她低下绯红的俏脸，抿嘴笑了。

这时河水的倒影里多了一只洁白可爱的小兔子，竖着两只天真无邪的长耳朵，也睁着一双亮晶晶的大眼睛。忽然，树丛中“嗖”的一声响，接着是声嘶力竭的一声狼嚎，只见一只刚中箭的大灰狼，出现在她们身后的草丛中。现在，这只疼痛难耐的大灰狼，暂时忘记了窥视多时的美食，暴跳如雷地转过身，张着血盆大口扑向射箭的猎手。猎手毫无惧色，拉弓射箭。箭带着风声，长了眼似的，不偏不倚正中狼的右眼，狼随即倒地，一阵哀鸣。女子惊呆了，她哪里知道，刚才的恬静中竟然潜伏着巨大的危险，潜伏着杀身之祸！女子站起身，望着救了自己一命的猎手。此时，勇敢的猎手，面对大灰狼时那么勇武，却在一个美丽女子的注视中，竟然一阵慌乱。在一见面的几秒里，是否是有情人，就是在这相互的对望中做出了判断。这就是一见钟情吧？

河畔畔上站着个你，
一双毛眼眼瞅着谁？
哥哥树林林心发虚，
就怕毛眼眼看不起。
你这毛眼眼让人醉，
想得哥哥难入睡。

古老的信天游，唱出了勇敢猎手的心声。这一天，无定河见证了女子和猎手的相遇，见证了两双年轻眸子对望之后，心中泛起的爱情。他们目之所及，只有双眸的距离，心与心早已贴在了一起。他们无法得知，他们生命的结合，会与一个朝代的走向有着紧密的关联。

沿着无定河东、西岸的盘山小道，无论是向东还是向西，都是一个挨着一个馒头样的山梁，天空显得小了，仿佛世界只有这一座座走不出去的山。从米脂县城往西，大约向深处行走20千米的路程，岔道交错中就有一个村落——艾蒿湾。

群山环抱中的艾蒿湾，从春天开始，高高低低的是层碧叠翠，是参天挺拔的树木，莺飞草长，绿荫成屏。生长最旺盛的就是艾蒿了，荒野，路旁，向阳、潮湿的肥沃土壤上，轻轻呼吸一下，艾蒿的清香沁人心脾。而在绿荫遮掩中，隐约可见一家人的窑洞。

艾蒿湾村北的山顶上，西坡有一低洼处，右侧依靠一个高约30米的山峁。山峁之下，有一处新建的窑洞。窑洞前开阔的院落里，从某一天开始，却只盛开着华美高贵的牡丹花。牡丹花开时，艾蒿湾的角角落落，都被牡丹花的香气熏染着，引来很多艳羡的目光。有着朴实粗犷性情的百姓，喜欢在这家窑洞坐一坐，不仅因为这里有美丽的牡丹花，更因为主人——北山狼娶了一个美若天仙的女子。这孔窑洞，是牡丹和北山狼新婚的洞房。

六月的日头腊月的风，
老祖先留下个人爱人。
天上的星星配对对，
人人都有那好妹妹。
骑上那骆驼峰头头高，
人里头要数咱二人好。

第二年，当桃树、梨树、杏树等树木的枝头即将竞相闹春时，这孔窑洞里传出了清脆的啼哭声——这是一个小生命降临人世的豪迈宣言。艾蒿湾所有能歌善舞的鸟儿瞬间停止了歌唱，都聆听这声不同凡响的啼哭。这是怎样的一个小精灵，令艾蒿湾方圆百里花儿羞于开放！面对小精灵娇媚的脸蛋，北山狼和牡丹异口同声地为她起了一个超凡脱俗的名字——貂蝉。貂蝉，从此将艾蒿湾化为了一个美丽的音符。

沧海桑田，走过了1800多个春秋，经历了无数个战火纷飞、腥风血雨的岁月，这孔孕育了一个神话般古典美女的窑洞依然还在，就在米脂的艾蒿湾。人们为这孔原本普通的窑洞起了一个响亮的名字——貂蝉洞。

我常常在想，这孔被写入《米脂县志》的土窑洞，1800多年前的某一天，那一声婴儿的啼哭，怎么就惊动了上天，竟然令月亮都黯然失色，羞怯地躲进了云端？这个有着闭月之貌的小女子貂蝉，在这崇山峻岭间过着怎样的生活？她又如何走出了沟壑纵横的黄土高原，突然跌入东汉末年宫廷政治的险恶漩涡？这孔看似极为平常的土窑洞，又如何与那个混乱不堪、军阀割据的末世王朝发生了关联？以胆量和智慧力挽狂澜的貂蝉，又有谁能排解她心中无限的凄凉？又有谁是她心灵的知音呢？1800多年前，那个让貂蝉心生爱慕的男子曾经出现过吗？

然而无论如何，历史上可能并不存在的貂蝉，却活出了一场悠悠千年的美丽传说。人们在想象的空间里，一代代认识着也丰富着这个外表柔美、内心却不乏阳刚之气的闭月美人。她早已深入人心，亘古长存。